DE LA MÊME AUTEURE

LE GRENIER, roman, Éditions Anne Carrière, 2000.

JE PRENDS RACINE, roman, Éditions Anne Carrière, 2001.

LA REINE CLAUDE, roman, Éditions Stock, 2002.

POURQUOI TU M'AIMES PAS ?, roman, Éditions Fayard, 2003.

VOUS PARLER D'ELLE, roman, Éditions Fayard, 2004.

INSECTE, nouvelles, Éditions Fayard, 2006.

ON N'EMPÊCHE PAS UN PETIT CŒUR D'AIMER, nouvelles, Éditions Fayard, 2007.

DESSOUS C'EST L'ENFER, roman, Éditions Fayard, 2008.

LES CRIS, roman, Éditions Fayard, 2010.

LES BULLES, nouvelles, Éditions Fayard, 2010.

LES MERVEILLES, roman, Éditions Grasset, 2012.

LES COUPLETS, nouvelles, Éditions Grasset, 2013.

EUX, roman, Éditions de L'Olivier, 2014.

LES PÊCHERS, roman, Éditions de L'Olivier, 2015.

LES MESSIEURS, nouvelles, Éditions de L'Olivier, 2016.

REBELLES, UN PEU, nouvelles, Éditions de L'Olivier, 2017.

MA GRANDE, roman, Éditions Gallimard, 2018 (« Folio » n° 6749).

MARCHE BLANCHE, roman, Éditions Gallimard, 2020.

Romans jeunesse

TOUS LES MATINS DEPUIS HIER, L'École des Loisirs, 2013.

UN MAILLOT DE BAIN UNE PIÈCE AVEC DES PASTÈQUES ET DES ANANAS, L'École des Loisirs, 2014.

TU ES MIGNON PARCE QUE TU ES UN PEU NUL, L'École des Loisirs, 2014.

CUCU, L'École des Loisirs, 2015.

Y A-T-IL QUELQU'UN DANS CASIMIR ?, L'École des Loisirs, 2016.

LES PIQÛRES D'ABEILLE, Flammarion-Jeunesse, 2017.

PROXIMA DU CENTAURE, Flammarion-Jeunesse, 2018.

MISS CRAMPON, Flammarion-Jeunesse, 2019.

RIVER, Gallimard-Jeunesse, 2019.

L'ÂGE DU FOND DES VERRES, Gallimard-Jeunesse, 2021.

SON EMPIRE

CLAIRE CASTILLON

SON EMPIRE

roman

GALLIMARD

I

Il la kidnappe. Comme un tour de magie. Je perds ma mère. J'ai sept ans.

Il faut voir comment ça se passe. Le déroulement. Heure par heure. C'est intense. Ma mère est pourtant sur des rails. Je me la rappelle très bien à ce moment-là, qui trace, voûtée parfois, toujours *à la besogne*, comme une machine en quelque sorte. Lever, linge, vaisselle, école, travail, école, devoirs, courses, repas, histoire du soir, sommeil. Elle roule très bien toute seule. Elle sait faire, même quand je demande trop, ou pas au bon moment, ou tout le temps donc jamais au bon moment. Elle sait, donc elle fait. Et soudain, le choc. Il l'expédie ailleurs. Il la prend, il la vide, il se met dedans et il ne ressort jamais.

Au bout d'un moment, quelques mois à peine – à l'époque, je compte encore en semaines –, elle cache ses feuilles pour ne plus qu'il les voie. Elle a peur. Elle range son bureau dans ses tiroirs, ses tiroirs dans des boîtes. Elle met des scotchs sur les boîtes. Elle plonge certaines boîtes au fond de mes bacs à jouets. Je la vois faire, je me dis que je regarderai dedans dès que j'en aurai l'occasion, puis j'oublie, je passe à autre chose. Lui non. Il ne supporte pas que les pense-bêtes ne soient pas écrits comme il les imagine. Il ne supporte pas de déceler à travers les mots de ma mère des images qu'il ne connaît pas. Il a peur de ses souvenirs et de ses pensées. Il a peur de ses envies. Pourquoi écoute-t-elle soudain une musique inconnue ? Qui lui a parlé du film qu'elle aimerait voir ? Ce mot-là n'était pas dans sa bouche la veille, alors d'où vient-il ? À qui a-t-elle parlé pour l'apprendre ?

Quand elle m'achète de nouveaux biscuits, il demande : « Pourquoi des Pim's ? » Si elle répond que c'est pour essayer, changer, innover, il lui donne un cours sur l'innovation. Ça peut aller jusqu'au brutalisme. Il dit « fantasme de l'immatériel, réalité de la technique, paradigme progressiste ». À un moment, je me mets à noter certains mots dans un carnet, comme des preuves, au cas où je retrouve maman assassinée. Il questionne maman qui, toujours à la besogne, tente de lui répondre avec légèreté, comme s'ils plaisantaient tous les deux, et puis soudain il assène que je n'aime pas la confiture et que ces galettes fourrées à la marmelade d'orange sont forcément pour quelqu'un d'autre que moi, donc pour qui ? Qui passe à la maison ? Qui va passer dès qu'il aura le dos tourné ? Après, il parle de liberté. « Fais comme tu le sens, tu es chez toi, tu as bien le droit d'inviter qui tu veux après tout. » Mais sa voix a changé. Elle sort à plat de sa bouche, comme si quelqu'un d'autre, aux manettes, découpait son souffle en chiffonnade, à la trancheuse. Heureusement, il a dans la poche un bronchodilatateur que je ne dois pas toucher.

Elle rachète des Mikado, des Palmito qui ne font peur à personne. Elle oublie l'incident. Lui, au contraire, garde longtemps une dent contre les Pim's. Un jour, il nous rend visite avec des biscuits mous à l'orange, expliquant que *celui* qui aime les Pim's, ici, aimera sans doute aussi les Chamonix. Maman les laisse sur l'évier. Je les mouille en me lavant les mains pour que le paquet finisse par disparaître. Mais maman n'ose pas le jeter. Lui s'amuse à l'essuyer, à le remettre en évidence chaque fois que je le fais lentement glisser sous l'horrible corbeille à fruits qu'il a offerte à maman en lui disant « C'est une véritable antiquité, Amour, la seule vraie belle chose que je possède, alors je te l'offre. Quand elle est vide, si tu la retournes, elle ressemble à un Dubuffet. Regarde. » Et maman dit « Oui, c'est beau ». Moi je ris, puis je dis « Oui c'est beau, quand même ».

II

Souvent, il griffonne, il rit tout seul. Un jour, je le vois se parler à lui-même. Il semble en bonne compagnie. Ça a l'air marrant ce que l'autre lui raconte. Assez vite, je comprends qu'ils sont deux à habiter à l'intérieur de lui. Au début, je crois que le gentil est le vrai et que le méchant surgit de temps en temps, en réaction à une vie difficile. Comme les ex-chiens battus ronchonnent, même après une bonne adoption, quand on touche à leurs croquettes. Il y a seulement de la bonté en eux. Mais lui non. En lui, le gentil n'existe pas. Le gentil est un déguisement de très mauvaise qualité. Quand il se déchire, maman le recoud. Toujours à la besogne.

J'ai huit ans. Il n'aime pas que la nuit tombe mais il n'aime pas que le jour se lève non plus. Sensible aux autres, il reproche souvent à maman de dégager de mauvaises ondes quand elle s'affaire. En revanche, il dit que ça ne le dérange pas que je fasse du bruit. Il n'entend pas les sons de mes jouets. Quand il m'en offre un, il regarde comment il fonctionne, il s'amuse avec, puis il l'oublie. Mais pas tout à fait. De plus en plus souvent, je l'entends dire « ta fille » pour parler de moi à maman, et après je n'entends pas. Je sais que je ne dois pas entendre quand il commence par « ta fille ». Après, il raconte une ingratitude, une douleur profonde. En dépit de toutes ses attentions. Malgré ses cadeaux justement. Le temps qu'il m'accorde. Les conversations que nous avons. Encore hier. Pas plus tard qu'hier. Le mal qu'il s'est donné pour les grottes de Lascaux. Les cadeaux qu'il me fait. « Encore l'autre soir, je suis arrivé avec une toupie et j'ai lu l'ironie dans son regard. » Après, il redevient normal. Le plus souvent, il m'offre des cadeaux muets, beaucoup de livres, des autocollants et des coloriages. Quand il offre quelque chose, il est fier. Il change de tête. Comme quand il retire ses lunettes. Un jour, je lui dis qu'il est bizarre sans ses lunettes, que j'ai du mal à le reconnaître, et il le prend mal. Je n'entends pas.

Juste « ta fille ». Maman, à la besogne, qui recoud encore.

Il cafte. Il se plaint de moi. Dans ces cas-là, ma mère ne voit pas ce qu'il veut dire. Alors elle ne fait pas ce qu'il faut. Tout empire. On dirait qu'elle n'a pas compris qu'il faut bannir certains termes, ne plus tenter d'analyser son comportement quand il l'accuse d'avoir modifié la composition de son parfum ou quand la sentence tombe sur elle et que le sujet suit le verbe : « Tais-toi. »

Quand elle l'a bien recousu, prenant sa posture d'*à la besogne*, tête baissée, visage contracté, yeux froncés, mâchoires serrées, et qu'il est redevenu gentil-généreux, il revient du supermarché avec un gros sac. Maman est radieuse quand il en sort des savonnettes, des déodorants, du Coca-Cola. On dirait des lapins qu'il extrait d'un terrier, fier de chaque naissance. Il achète les choses en nombre. Des dentifrices surtout. Elle en rit. Je vois qu'elle se force quand jaillissent du sac, et rien que pour elle, un fromage Neuchâtel ou une demi-bouteille de vin dont il vante la provenance. Elle parle longtemps de la forme en cœur du Neuchâtel. Super fromage. Si délicate attention. Il l'en prie. Il dit parfois des phrases supplémentaires : « Je n'ai pas osé rapporter du champagne. La dernière fois, il t'a tourné la tête et boire ne te va pas très bien. » Elle lui donne raison. Il aime lui rappeler tout ce qu'il a déjà offert. « Tu te souviens du thé dans la belle boîte en fer rouge et dorée ? Hélas, il n'y en a plus. Tu l'as gardée ? La boîte ? » Quand il apprend que maman me l'a donnée pour y ranger mes perles, il se renfrogne. Plus tard dans la soirée, quand je quitte la pièce, il lui parle de la symbolique des cadeaux. « Que dirais-tu si je donnais les cadeaux que tu me fais à quelqu'un d'autre ? » Elle n'ose pas lui répondre que c'est juste une boîte à thé de supermarché, ni que le thé était éventé. Ni que je ne suis pas quelqu'un d'autre.

Quand il est chez nous, il ne veut pas qu'elle fasse tout dans la maison. Il l'aide beaucoup. Il instaure un règlement. S'il l'autorise à mettre la table, elle ne doit pas vider le lave-vaisselle. S'il la surprend pliant du linge, il dit « Demain, je passerai l'aspirateur dans deux, non, trois pièces, et aussi la serpillière dans la cuisine ». Quand il le fait, il retire la tête de l'aspirateur et le tient par le tuyau pour être sûr de ne pas oublier un seul cheveu. Il met des heures, penché en avant, comme à la recherche de pièces d'or. On dirait qu'il est fier d'avoir une mission.

Dans sa tête, pendant qu'il aspire, il fait des anagrammes avec le nom des gens pour se prouver qu'il a raison sur leur compte.

Il a inventé l'anagramme de Maureen, une camarade de l'école que je déteste. *Mauvaise reine au-delà.* Grâce à cette anagramme, je détiens la preuve qu'elle a déjà été méchante dans une autre vie. Ou plutôt *scélérate.* Il m'apprend un mot. Il me montre un extrait de film avec le mot dedans. Les acteurs sourient en faisant des claquettes. J'oublie Maureen et je sais que dans sa prochaine vie elle devra se racheter. Parfois, j'en ai assez de lui raconter pourquoi Maureen m'énerve mais il continue à poser des questions précises, de plus en plus compliquées, et je clos la discussion d'un « Parce que c'est comme ça ». Alors il m'apprend à trouver des arguments. Réfléchir. C'est en réfléchissant qu'on apprend à réfléchir. Maman se tend quand il me soumet à une réflexion. Moi je fixe les carreaux de son écharpe écossaise bleu marine et jaune qui lui fait le teint beige. Au début, quand il est là, il me raconte des histoires et les carreaux glissent comme des tapis volants. Après, il nous dresse. Et les carreaux se figent comme ceux de la cuisine dans laquelle il s'installe, chaud comme un four, froid comme une brique de soupe, émettant des sifflements de bouilloire, des sursauts de grille-pain.

Quelquefois il arrête tout pour serrer maman dans ses bras. Généralement, ça la secoue, parce qu'elle est à la besogne et qu'il la surprend. Elle ne sait pas de quoi il s'agit. Elle s'attend plutôt à une réprimande. Pourtant elle n'a pas racheté de Pim's. Moi j'en ai marre des Palmito, mais je ne dis rien. En fait, tout se passe bien. Il la prend dans ses bras, je m'approche d'eux pour recevoir ma part d'attentions. Je demande un jeu de petits chevaux. Ça dure longtemps. C'est le début d'une soirée rêvée dans une maison chaude qui sent les lasagnes. Il dit à maman : « Tu es trop belle. Je me demande parfois si tu es réelle. » Je reviens avec mon jeu, et il joue avec moi. J'ai enfilé une tenue de Cendrillon. Il me prend en photo. Il me promet un déguisement d'Indienne comme celui que je lui montre sur son téléphone. Oui, avec le pagne et la plume en supplément. Maman se regarde dans la glace du salon plusieurs fois pour vérifier qu'elle est réelle.

III

Au début, il ne dit jamais « ta fille ». Il m'appelle par mon prénom, et j'aime quand il le prononce. Sa voix ne parle qu'à moi. Il ne fait pas comme les adultes avec les enfants. Ni semblant, ni forcé. Quand il me parle, il m'ouvre. Je crois qu'il voit dedans. Il joue avec moi très longtemps. Il ne compte pas son temps. Il ne négocie pas. Il joue, c'est tout. De toute façon, il me trouve brillante. Magnifique. Le sosie de maman. Tellement gracieuse, et drôle aussi. Alors il prend l'initiative des jeux. Un jour, on marie le prince et la princesse, mais pour cela on doit préparer les faire-part, les écrire, confectionner les alliances, dresser le buffet. On se donne rendez-vous le jeudi suivant pour les noces. J'insiste pour qu'il revienne à la maison le lendemain mais c'est non. Il revient dans deux jours. Ça nous laisse le temps de préparer. On habille mes poupées, on imagine le décor. Le prince est mon grand singe à qui on enfile mon gilet trop petit à étoiles. Ma poupée à cheveux courts tient le rôle de la princesse. Je lui accroche mon masque de chef africain sur le visage.

Le décor s'élargit, on l'installe vraiment, jusqu'à ce qu'il dépasse le décor de mon seul château de bois. On tire le rideau du salon par-dessus le dossier du canapé pour en faire un dais. Il m'apprend le mot dais. On pose mon château sur le canapé. Il ne devra pas bouger d'ici jeudi. On aura qu'à s'asseoir par terre, maman et moi, en attendant. Même absent, il orchestre.

Ensuite, s'il manque un tapis rouge par exemple, il demande à ma mère un beau tissu. Elle nous trouve un torchon, mais il réclame plutôt un vrai morceau d'étoffe. Tout le temps qu'elle met à chercher dans les placards, on prépare autre chose, très sérieusement, comme deux enfants. La musique. L'éclairage. Quand elle rapporte son pull-over en angora parce qu'elle lui a obéi en cherchant le tissu le plus soyeux qu'elle possède alors que l'heure tourne sur son visage contrarié, je me plains : « Ce n'est pas rouge, ni violet, c'est beaucoup trop vert pour un mariage princier ! » Mais il la félicite. Moi aussi du coup, après. Surtout si j'entends qu'il lui explique quelque chose sur la méthode à suivre quand on joue avec un enfant. « C'est essentiel que tu te donnes à fond dans le jeu. L'enfant apprend tout par le jeu. Tous les êtres surdoués ont joué. Elle doit jouer. Tu dois jouer avec elle. Moque-toi de l'heure du coucher. Ne montre pas que ça t'embête. Ce serait de la maltraitance. Amour. »

Après, il excuse maman de ne pas savoir. Il dit une phrase que je n'entends pas et qui met la responsabilité sur quelqu'un d'autre. Si pour interrompre la conversation, elle commence à ranger quelque chose, il arrête son mouvement. « Laisse ça, je t'en prie. Je le ferai demain. Et souviens-toi, j'aspirerai trois pièces et je passerai même la serpillière dans la cuisine. Est-ce que ça t'aiderait si un jour je faisais les vitres ? »

Elle n'en revient pas d'autant de bonheur.

IV

Elle le défend. Il l'aide. Il nous apprend tant de choses ! Ses amies ne le sentent pas. Elles lui conseillent plutôt un majordome. Une Google Home. Une cure de sommeil.

Au fil des mois, les amies se détournent, les vitres se salissent. Maman maigrit. Je le vois à ses tempes qui se sont rapprochées comme celles des vieux chiens. Son crâne est plus pointu et ses cheveux se sont desséchés. Au début, non. Au début, belle chevelure et immense bouche ouverte vers l'avant. Inverse des bouches rentrées, fâchées, revêches. Tout ouverte vraiment. Et lui qui répète à qui veut l'entendre qu'il est un vampire. Gentil. Même si cet adjectif lui fait horreur.

Parfois je me demande ce qui se passera s'il ne revient pas. Parfois, je voudrais proposer à maman de sortir, sans lui laisser de mot. Juste pour voir ce qu'il adviendrait s'il trouvait porte close en venant. Je pense qu'elle n'est pas capable de s'éloigner de lui. De toute façon, si elle s'éloignait ça ne changerait rien. Il lui vit désormais à l'intérieur. Aujourd'hui encore, par mimétisme, il lui arrive de faire les mêmes petits mouvements de tête que lui, de laisser sa bouche murmurer des mots, de plisser les yeux autour de fureurs qui n'existent pas.

Au début, il se met sur notre route exprès, mais ça, je le comprends après. Dès que possible, à la sortie de l'escrime quand on a cinq minutes le mercredi avant l'art plastique, il attend. Il nous croise par hasard. Ce sont des coïncidences. Toujours son visage quelque part dans le décor. On dirait un tableau mobile. Flou. Toujours là pour nous surprendre, avec un cadeau pour moi. Parfois des bonbons. Après demande d'autorisation : « Ai-je le droit de lui offrir des bonbons ? » Un jour, j'ai rigolé : « Et sinon ça va monsieur le tragédique qui fait tout bien ? » En réponse, il n'a pas froncé les sourcils comme plus tard, seulement ri de tout son cœur. Sans me caresser la joue à cause du risque d'inculpation.

Plus tard, il signale à maman que j'ai posé ma tête sur son épaule pendant un film et qu'il a dégagé son corps pour éviter tout malentendu. On ne comprend pas ce qu'il veut dire. Il m'explique : « Mets-toi plus loin, va sur le fauteuil. » Je le fais et je tends mes jambes pour poser mes pieds sur maman qui est revenue de sa douche entretemps. Elle les caresse longtemps. Je vois qu'il se tend. De mon lit, j'entends « Tu fais vraiment tout pour qu'elle gagne ».

Avant, quand on s'en allait toutes les deux, après l'avoir croisé entre l'escrime et l'art plastique, maman essayait d'être joviale mais ça se voyait qu'elle avait le corps triste à cause de leurs âmes comme des chiffons mouillés trop lourds. Il la déchirait en disparaissant, il la déchirait en oubliant d'apparaître. Parfois il ne pouvait pas aller plus vite que notre métro, mais parfois si. Alors elle était bouleversée qu'il soit déjà là à nous attendre. Mais puisqu'il avait réussi une fois, elle l'attendait partout et tout le temps, se retournant plusieurs fois, pour vérifier. Alors quand il n'y était pas, elle ressentait un vide si grand qu'elle n'existait plus. Elle m'aidait à me changer dans le vestiaire mais elle avait des mouvements d'automate. Soudain, elle n'était plus là. Elle courait avec les yeux à sa recherche, ça lui donnait l'air bizarre. Moi, je savais qu'il ne fallait pas s'en faire. S'il n'était pas à l'arrivée, il serait à la sortie de l'art plastique et il tenterait de se faire inviter chez nous pour manger. En refusant de venir une première fois, puis une deuxième, pour qu'on soit obligées d'insister. Puis en refusant de manger, une fois à table, pour qu'on insiste encore. Commençant à grignoter un quignon de pain pour qu'on insiste toujours plus. Refusant notre pitié quand maman dirait « Ça suffit maintenant ». Et payant du coup son assiette avec de la culture. Comme un vernis dont il nous enduit, brillant comme celui que maman a recommencé à mettre pour être belle. Pas juste à la besogne. Il l'appelle « Ma belle ».

Le frigo est désormais recouvert d'images pieuses qu'il nous apporte. Une main prise dans des rouages, un paysage flou, un petit canard noir au milieu d'une meute blanche, une photographie de la famille du soldat inconnu. « Il sait aussi être tellement drôle », assure maman aux amies qui lui restent quand il n'est pas là et qu'elle leur téléphone pour leur dire qu'elle ne s'est jamais sentie aimée jusque-là. Quand ses amies veulent savoir pourquoi elle arrête la gym, alors qu'elle s'est mise à la gym pour avoir le temps de voir ses amies justement et qu'après les cours elle dit ressentir un bien-être profond, elle reconnaît que ça lui fait du temps en moins avec lui. Elle ne peut pas tout faire. Elle ne peut pas être partout. Elle ment. J'étais là, quand il lui a dit combien la gymnastique était une farce. Sa gymnastique en tout cas. « Pourquoi perds-tu du temps à ça ? À ton avis, Marie Curie soulevait de la fonte ? Hannah Arendt pratiquait le 100 mètres haies ? Virginia Woolf aurait essayé le paddle yoga ? » Et maman s'est remise en boule pour que lui puisse jouer au foot vraiment bien à fond avec elle. Les onze joueurs à lui tout seul, lui qui l'a fait rouler sous ses mots jusqu'à la baignoire où je l'ai retrouvée plus tard, quand il est descendu rire au square avec son ami imaginaire ; et elle, toute bleue dans son bain chaud. Espérant qu'il ne remonte pas, je lui ai proposé qu'on sorte dîner dehors. Elle m'a répondu oui sans hésiter, malgré l'école du lendemain.

À l'heure des chiens et des loups, quand il s'en va, il nous dit généralement au revoir. Ensuite il téléphone d'en bas et revient, mais si maman ne répond pas, il ne peut pas revenir. Une fois, on a fait ça aussi. Pas de bruit dans la maison, pour qu'il cesse de frapper et s'en aille.

Ce soir-là où on sort au restaurant toutes les deux, elle accepte que je mette mon manteau sans capuche alors qu'il pleut et aussi que j'emporte avec moi ma valisette de docteur dans laquelle j'ai caché la photo de nous deux qu'il a enfoncée entre des livres dans la bibliothèque.

Moi dans les bras de maman, sur une plage, avec beaucoup de lumière, mon bob rose et blanc à rayures, son maillot rouge, ses énormes cheveux longs et épais, et sa tête sans les trous aux tempes. Sa tête avec son cerveau encore entier dedans.

V

Au début, ma mère s'étire d'un bout à l'autre d'elle-même. Elle s'agrandit, elle devient élastique, elle n'a plus de raideur. Ses aiguilles ramollissent, alors elle relâche les horaires, la course du quotidien, la besogne. Lui, il l'éclaire. En la dénouant, il l'affine. Elle profite. Et un jour, je trouve même qu'elle brille. Il y a un halo autour d'elle à la sortie de la danse. À chaque fois qu'il apparaît ensuite, le halo est plus puissant. Elle se recharge avant même qu'il apparaisse. Mieux, je sais qu'il va apparaître quand le halo monte. On dirait l'imprimé de la robe d'été qu'elle porte souvent à cette époque, avec un soleil jaune et orange foncé au centre, plus pâle aux contours, qui la recouvre jusqu'aux pieds. Désormais bien entière, elle est davantage qu'une présence à mes côtés. C'est une lumière. Mais elle est à lui.

Aujourd'hui, c'est le contraire. Pâle au centre, ses couleurs bien loin d'elle, comme les contours d'une piqûre d'insecte. Une piqûre migrante, en cible, qui s'étend à tout son corps.

Mais quand elle le rencontre, elle est déployante, tellement que je m'attends à la voir bientôt développer des superpouvoirs. C'est pourtant le même vieux pull de toujours qu'elle porte, le doux et chaud, mais moche, sauf que son corps a changé de forme. Il vit. Il remue. Alors à présent, le pull lui va bien.

La première fois que je le rencontre, je me souviens que c'est un mardi car je sors de mon cours de danse. Il fait déjà nuit. Pourtant, le parc est ouvert et maman me propose d'y aller. C'est incongru, ça n'est jamais arrivé qu'on aille au parc à l'heure de rentrer. Il est plus de dix-neuf heures. Quelquefois, ça la panique tellement que je me couche tard qu'elle m'apporte un sandwich à la sortie de la danse. J'avale mon dessert dans l'ascenseur de notre immeuble. Parfois, je le termine en me mettant en pyjama. Mais ce mardi-là, non. Il y a un sandwich pour moi, mais je le mange au parc, seule sur une balançoire parce que les enfants sont tous déjà rentrés chez eux. Je pose des questions pour savoir si on va rester longtemps. Je tente le coup : « Et si on campait là toute la nuit ? »

Il arrive. Il s'assoit à côté d'elle, et quand je m'approche pour le voir de plus près, il m'appelle déjà par mon prénom. Donc il me connaît. En plus, il me parle exactement de ce que j'aime et il sort de sa poche un petit cube. Et une clef. Quand on rentre la clef dans la serrure, le cube s'ouvre et se transforme en maisonnette. Je cherche autour de nous des amis à qui montrer mon cadeau mais le parc est complètement vide, éclairé pour la nuit par plusieurs réverbères. Je me souviens que son visage ressemble à un masque d'Halloween. À un moment, je vois un vrai masque de mort. Heureusement, quand je m'approche, il me fait un grand sourire. Je me suis trompée.

Maman, à côté de lui mais pas trop près, souple et joviale, n'a pas vu le masque livide aux yeux-trous.

Je viens me coller à elle, je lui demande si on y va. Elle veut savoir si je suis fatiguée mais il répond à ma place : « Fatiguée ? Toi ? » Il évoque Saint-Saëns et sa *Danse macabre.* Il me fera écouter. Chaque animal a un son. Les sons se mêlent. Est-ce que je joue d'un instrument ? On ira au concert, il promet. J'ouvre grands les yeux sur les mystères qui m'entourent. Les arbres prennent des formes d'animaux. Maman a l'air d'une enfant comme moi quand elle l'écoute. Et lui, d'une plaque de marbre froid qui se fend quand il la regarde. Souvent, elle baisse les yeux le temps de se réchauffer sur une image plus douce, mes pieds, mes mains croisées ensemble comme deux lapins chauds.

Il la regarde se lever, rassembler nos affaires, et soudain il dit : « C'est comme si ton pantalon cherchait ton corps et qu'il ne le trouvait pas. Tu as un corps magnifique et tu ne le sais même pas. » Elle hésite. Est-ce que c'est un compliment ? Elle s'excuse d'être en tenue de tous les jours, de besogne. Elle dit ce mot pour la première fois et je lui demande ce qu'il signifie. « Tu poses de bonnes questions », me répond-il. La besogne, c'est ce de quoi il va la détourner pour en faire une femme heureuse à la place. Il faut l'alléger, dit-il. « Ta maman est une plume mais la vie en a fait un poids mort. Du plomb. Tu sais jouer à la pétanque ? »

Il a apporté une valisette et sort les boules. J'envoie le cochonnet. Maman repose nos affaires. Elle ne fait plus attention à l'heure mais quand même un peu. Chaque fois qu'elle ne s'applique pas assez, il lui montre comment faire. Il se place derrière son dos, pose sa main sur la sienne pour lancer la boule avec elle. Ça me fait peut-être quelque chose. Quand c'est mon tour, il me complimente. On fait la belle, la revanche. Puis il me fabrique un arc et des flèches. Seulement le début de l'arc parce qu'on n'a pas de ficelle, mais la prochaine fois il apportera une ficelle pour qu'on le termine. Alors une couronne, pour patienter. Il fait des projets. Est-ce que j'ai déjà vu *Robin des Bois* ? On regardera le film ensemble aussi. Maman nous fera un gâteau, « Celui aux pralines ! » dis-je, mais il s'y oppose : « Non, ta maman ne fera rien, j'apporterai tout ce qu'il faut, et nous passerons une journée extraordinaire. » On dirait que maman est un sapin dont les illuminations se reflètent dans ses yeux à lui. Je saute de joie à côté. Histoire que les paquets tombent. Je propose demain. Il évoque samedi. Je me plains que c'est trop loin.

VI

Il nous ramène jusqu'en bas de notre immeuble. Avant, on fait le détour par les petites rues et il nous propose un chocolat chaud. « Si on traînait encore un peu ? » Maman accepte. Il doit être au moins neuf heures du soir. Le premier café nous refuse. Le serveur sort en terrasse et s'énerve. Il sort, les bras déjà en l'air. Il a une dent contre lui. Un autre serveur rapplique à son tour. Ils l'ont prévenu, ils lui ont demandé de ne jamais remettre les pieds dans ce café. Ils le mettent en garde. « Je ne sais pas de quoi vous parlez, répond-il en nous éloignant de la scène, mais je viendrai régler ça plus tard !

— Essaie oui ! Essaie un peu ! » s'énervent les serveurs. Je sens une carapace en fer le recouvrir tout entier. Je lève les yeux pour voir maman dont le halo fixe a pris froid. « Tout va bien ? » lui demande-t-elle. Il répond d'un sourire, à propos d'une erreur. « Une grossière erreur », insiste-t-il. Quand je lui demande ce qui se passe, pourquoi les serveurs sont tellement en colère, il me répond qu'il n'en a aucune idée. On a dû le prendre pour quelqu'un d'autre. Dans le café suivant, on nous accepte. Je suis la seule à prendre un chocolat. Il pousse maman à boire un verre de vin. Il ne prend rien. Mais quand il voit que je ne termine pas mon chocolat, il se hâte de le laper. Avant, il le regarde souvent avec envie. Il évoque d'autres chocolats chauds que nous pourrions boire, pendant la fête des Tuileries, ou bien à la foire du Trône. Est-ce que je suis déjà montée dans une grande roue ? Est-ce que j'ai déjà été dans un labyrinthe ? Est-ce que je connais les miroirs déformants ?

Le halo de maman est revenu, chaud et vibrant. Je chasse les visages des méchants garçons de café. On dirait des personnages de bande dessinée. Leurs profils anguleux jappent comme des chiens. À la fin, il ne me reste plus que leurs caricatures comme souvenir désagréable. Je dis : « Quand même, les serveurs étaient très en colère. » Il veut savoir s'ils m'ont fait peur. Il dit qu'il va les punir d'autant plus qu'ils m'ont fait peur ; c'est intolérable ! « Toute domination sur un enfant mérite un châtiment. » Le halo de maman tremblote comme la flamme d'une bougie. Mais ça va. Il demande l'addition puis part aux toilettes. Maman paie le serveur. Quand il revient, il dit « Mais enfin, non, quand même ». Elle balaie d'un signe de la main et d'un sourire d'illuminations de Noël.

Ils se tiennent le bras. Elle s'appuie légèrement sur lui et je fais le va-et-vient entre eux. Puis je prends sa main. À lui. Et je me mets à sautiller, sans doute pour que mes vibrations successives les contraignent à se séparer. Je crois même que je dis que je suis fatiguée de marcher pour qu'il me porte. Il me repose devant l'immeuble.

Je passe seule la première porte à code. Je compose le deuxième code sans regarder derrière moi. Et puis soudain je regarde. Je les vois qui se disent au revoir sur le trottoir. Il me fixe en la serrant dans ses bras. Le masque livide est revenu, même s'il le tord encore dans un sourire. Je me demande si quand on presse un visage si blanc il en sort du lait.

Quand on passe la deuxième porte toutes les deux, et que les deux vitres successives nous séparent de lui, il commence à me manquer. Parce que maman panique soudain, perd en légèreté. Il s'éloigne et elle part avec lui. Elle n'arrive pas à se réintégrer. Elle se dédouble. Elle perd tant quand il s'éloigne, sa patience, sa joie. Elle n'a plus rien à faire seule avec moi. Elle me fait une réflexion quand je râle parce qu'elle a appuyé la première sur le bouton de l'étage sans me laisser le temps de le faire. On dirait qu'elle a vraiment oublié quelque chose dehors. Ça lui met la tête à l'envers de se retrouver seule avec moi. Son téléphone bipe sans arrêt. J'ai envie de prendre un bain. On a bien été au parc, maintenant on pourrait prendre un grand long bain toutes les deux ? Elle refuse à cause de l'heure mais en promet un pour le lendemain. Ça bipe encore, dans sa poche cette fois. Une fois dans le jean, une fois dans le gilet, elle change de poche. Elle n'arrive plus à enfermer son téléphone dans la cuisine pour ne pas qu'on nous dérange. Quand elle le pose enfin, sur silence, juste à côté de mon lit, le temps de me lire une histoire, il éclaire en bleu une partie du mur. Je me demande au bout de combien de temps ce rayon laser va fendre le mur. Je me demande si la lumière du téléphone peut user le mur. Si, à force, les gens de dehors, ceux de l'immeuble d'en face par exemple, risquent de me voir en transparence, dans mon lit.

Après l'histoire du soir, elle me demande si j'ai bien aimé cette petite sortie. Ou mieux, elle dit « soirée ». J'ai sept ans et je viens de vivre ma première soirée. Quand je lui réponds que c'était génial et que je veux le revoir dès le lendemain, elle retrouve son halo, sa douceur. « Il est gentil, n'est-ce pas ? » On parle de lui, c'est comme s'il était là. J'ai en mémoire son regard de tout à l'heure, avant qu'on monte chez nous. Cette question de lait me taraude. « Il est rigolo », je réponds. Encore aujourd'hui, je me demande d'où c'est venu. Peut-être de la couronne de flèches qu'on a fabriquée, au parc, et des mots déformés qu'il répétait, trop bas pour que maman entende, depuis le banc où elle était restée pour nous regarder commencer à nous aimer. « Fléchion, extension, fléchion, extension, fléchion. » Son ami imaginaire pouffait en lui comme un ballon sauteur ; ses yeux, fixes et vides, concentrés sur la couronne complètement ratée, cassée, qu'il a fini par jeter sur la pelouse en disant qu'il m'en rapporterait une vraie, qu'il la sortirait de la télé quand Roxanne apparaîtrait, pour me la mettre sur la tête.

VII

Il tient tout ce qu'il promet. Le chocolat aux Tuileries. La grande roue à la foire du Trône. Bien sûr, il a pensé à la corde pour mon arc. Et aussi à une plume, qu'il glisse sous ma barrette. Ses poches sont des boîtes à surprises. Il jubile quand il en retire quelque chose pour me le planter sous les yeux. Je ne sais plus si c'est ce jour-là, mais il m'offre des cailloux en forme de cœur, des coquillages en forme de fleur, des autocollants, des images. Maman passe le samedi de rêve qu'il a voulu pour elle. Dès qu'elle fait quelque chose, même enfiler sa veste, il l'aide. Il porte son sac à main. Il fait attention au soleil sur son visage, aux courants d'air dans son dos, aux gens qui la bousculeraient. À un moment, je dis qu'elle n'est pas malade quand même. Elle rit, mais il me répond : « Tu as raison, sauf qu'elle risque de le devenir si on continue ainsi à ne jamais penser à elle. Ta maman a besoin qu'on s'occupe d'elle. Et c'est ce que je vais faire. Tu es d'accord, n'est-ce pas ? » J'acquiesce. Tant qu'il s'occupe d'elle en m'offrant des barbes à papa et des manèges, ça me va.

Il dit souvent des phrases sur maman au début. « Ta mère est un chef-d'œuvre. La vie a failli l'effacer. » « Je suis un restaurateur d'icônes. » Il m'explique la différence avec un restaurateur de restaurant, et aussi il me dit pourquoi la bouffe n'a pas d'intérêt. Il dit « bouffe ». Il n'est pas vulgaire d'habitude. Mais la bouffe le met soudain en colère. Tellement que je l'écris dans mon carnet de preuves en rentrant. Je veux raconter la journée qu'on vient de passer mais, à sept ans, rédiger des lignes est fastidieux, alors j'écris plutôt : « La bouffe, c'est nul. » Et j'ajoute un dessin sur lequel le banc est rond, l'arc est rond, les bouches sont rondes comme des trous. La barbe à papa, les bonbons, les glaces, tout est rond. Ses yeux à lui sont deux ronds à chaque fois, comme des huit. Celui du bas est colorié en marron foncé. En dessinant, je pense aux autres promesses qui vont se réaliser. Maman qui va redevenir une plume, et moi qui vais aller voir un spectacle de cirque dans un grand théâtre. Le soir. En tête à tête avec lui, un jour où maman travaillera tard par exemple. Elle a bientôt une convention sur deux jours. Je ne demande pas si on ira au restaurant aussi, avant, après. Parce que la bouffe, c'est nul.

On se promène toute la journée en faisant des pauses dans les parcs. On reste tant que je n'ai pas envie de bouger. C'est beaucoup mieux qu'avec maman et son rythme habituel. Quand il est là, on ne frustre pas l'enfant. Elle reconnaît que souvent, elle a violemment saccagé le temps. Il est choqué. « Comment peux-tu retirer un enfant d'un jeu sans l'y préparer avant ? L'arracher à son jeu, sans le prévenir, c'est le maintenir dans la peur. » Maman est contente quand il lui explique des choses comme celles-ci auxquelles elle n'a pas pensé avant. Elle ne croyait pas mal faire, mais désormais elle sait comment faire bien. Il lui apprend à m'élever correctement.

VIII

Je rencontre des amis dans tous les parcs. Maman et lui embrasent tous les bancs. Quelquefois je m'approche d'eux pour vérifier qu'ils sont encore entiers, malgré cette joie qui les dévore. Je vois parfois de la brume dans les yeux de maman. Est-ce que je deviens floue pour elle ? Est-ce que je viens, rien que par ma présence, d'interrompre une phrase essentielle qu'il lui offrait ? Heureusement, il est là pour m'accueillir, me raconter quelque chose, inventer un jeu. Quelquefois, je pose une question et je mets des années à comprendre ce qui me fait peur quand il me répond, même doucement. Le plus souvent, il dit non en faisant oui de la tête.

Au bout de quelques mois, maman fait pareil. Idem, je le comprends plus tard. Un jour où, la voyant de dos dans le nouvel appartement qu'il ne connaît pas et où on ne le laissera jamais entrer, je crois qu'elle est lui.

Le samedi s'étire encore puisqu'on boit un chocolat chaud avant de rentrer. Lui, lapant ma tasse presque vide, maman refusant un deuxième verre de vin. Il compte ses pièces plusieurs fois puis il les lance par dizaines sur la table comme s'il jetait des dés. Maman me sourit comme si tout était normal et qu'on entamait une partie de cartes. Plus tard, sur le bord d'une caisse de supermarché où je suis allée seule avec lui acheter des coquillettes pour faire une surprise à maman qui va rentrer tard de sa convention de deux jours, je vois une tirelire de pièces jaunes à vocation humanitaire. On passe le tapis roulant mais quand on part et que je me retourne vers la caissière qui répond à mon au revoir par un « Bonne journée mademoiselle », je ne vois plus la tirelire de pièces jaunes.

Il nous ramène à la maison. Le premier samedi est presque fini. Maman lui propose de monter cette fois. Elle n'arrive pas à ce qu'il parte. Il refuse, mais j'insiste, j'ai envie de lui montrer ma chambre moi aussi. Maman me laisse œuvrer. Il dit « Dix minutes alors, pas plus. Je dois passer voir Esther ». Je découvre qu'il a une fille. « Quatorze ans, me dit-il. Je te la présenterai un jour. » Il me montre une photo sur laquelle elle en a trois. « Le jour où j'ai quitté sa mère. Sur la photo, elle vient de l'apprendre », nous dit-il. « On voit qu'elle n'est pas dans son assiette », commente maman. Il lui adresse un sourire pas sympathique. Elle a l'air gênée qu'on parle d'Esther maintenant. Je propose qu'elle vienne, qu'on l'invite ici. Demain ? « C'est un peu compliqué pour la voir », me répond-il. Vit-elle loin ? Il me répond que non, elle vit tout près. Un jour, il me la montrera. « On ne lui parlera pas forcément, me dit-il, mais je te la montrerai par les grilles de son école, tu veux ? » Je suis contente. Même s'il l'a regardée d'un air moqueur à cause de sa réflexion ridicule, maman n'a pas envie qu'il parte. Elle le force à retirer sa veste. Il dit que la chaleur de notre maison est une lumière. Mon but à moi, c'est de le garder ici, avec le sourire de maman, alors je vais chercher ma torche. Je la lui montre. Il me demande si je sais faire des ombres chinoises, si j'ai déjà vu les dessins animés de Michel Ocelot. Maman prépare mon dîner et quand je m'assois sur le haut tabouret, je fais semblant de le trouver trop haut pour qu'il me soulève et m'y installe. J'ai envie d'avoir un bavoir à rebord, une cuiller molle, et de tout reprendre à zéro avec lui. Je suis sûre qu'il aurait expliqué à maman pour le rot, les berceuses. Je suis sûre qu'il aurait repris chacun de ses gestes. « C'est déjà très bien ce que tu fais, mais tu peux faire encore mieux. »

Il envoie maman prendre un bain. Il dit « Allez, je m'occupe du dîner de ta fille, et toi, tu vas te reposer, je te trouve encore une petite mine, tu as dû prendre froid dans le jardin ». Maman se laisse faire. Elle part dans la salle de bains. Je ris fort pour qu'elle m'entende malgré l'eau qui coule. Pendant ce temps, je lui demande s'il peut à nouveau me montrer Esther. Il affiche les photos de son téléphone. Celle du jour de son départ. Une autre où elle marche de dos dans la rue. J'aime bien son sac à dos auquel elle a fait pendre une peluche à gros yeux. Il me dit qu'il sait où on en trouve, il connaît une boutique où il y en a plein. Est-ce que je préfère les bêtes à longs poils ou à poils courts ? Parce qu'ils ont les deux. Je demande pour les couleurs. Tigré rose, ce sera bien. Mais s'il y a mauve, faut voir. Il prend tellement de temps à me répondre sur les couleurs que quand maman sort du bain, il me raconte encore tout ce qu'il y a dans cette boutique qu'Esther adore.

Je pense aux copains de maman qui sont passés ici parfois. Ils ont tous été gentils pendant quelques minutes, ils ont posé des questions mais assez vite, je sentais que j'étais en trop. Alors maman n'a plus fait venir personne. Elle était mal à l'aise qu'on me rejette de la pièce, même en souriant. Avec lui, je sais que je peux demander une histoire supplémentaire. Esther a de la chance. C'est un peu dommage qu'elle ne voie pas plus souvent son papa. J'ai envie de devenir son amie, et en même temps je suis contente d'avoir son papa pour moi toute seule. Il me prévient que le jour où on la verra il faudra que j'évite de m'asseoir sur ses genoux pour ne pas la peiner. Maman me tend les bras pour me faire descendre du tabouret et m'emmener me coucher cette fois. Mais d'un regard, il arrête ses bras. Alors elle les repose contre elle. Elle attend que je descende toute seule du tabouret. Il dit : « Oui, il me semble quand même qu'une grande fille comme toi n'a plus besoin des bras de sa maman. »

Il m'adresse un au revoir de la main. Maman me suit. Alors il dit : « Pourquoi l'escortes-tu ainsi jusqu'à son lit ? Elle peut t'appeler une fois qu'elle est couchée, non ? » Elle sourit. Il la prend dans ses bras, il murmure. Lui, pas son ami imaginaire parce qu'il a de bons yeux, ceux du chien qui n'a jamais été privé. Pas ceux de l'autre qui racle les fonds d'écuelle. J'entends qu'elle le remercie pour cette journée fabuleuse. Est-ce que ce n'était pas trop lourd pour lui ? Elle sait qu'imposer un enfant est compliqué. Mais il l'aime elle, alors il m'aime moi. « Rien n'est compliqué, lui dit-il. C'était une journée fabuleuse comme toutes celles que nous vivrons ensemble. Tous les trois. » Alors j'appelle. Je suis couchée. Lui d'abord. Il promet de revenir bientôt nous voir. Il reste debout, il ne s'approche pas de mon lit. Je tends les bras pour un bisou mais il ne vient pas jusqu'à moi. Il fait juste au revoir de la main. Il envoie un baiser. Je trouve qu'il me sourit beaucoup. Je trouve aussi qu'il est gentil. J'aime bien quand il est là. Mais quand il quitte ma chambre, quelque chose reste dans l'air, flottant, comme un drap blanc en forme de mâchoire. Je me relève, j'ai besoin de voir en vrai, je traverse l'effluve d'eau de Cologne qu'il a laissée dans mon atmosphère, je veux voir si c'est la mort qui bouscule maman dans le salon. En les voyant, je pousse un cri : « Maman ! On a oublié de prendre le bain ensemble ! Tu avais dit qu'on prendrait le bain ensemble ! »

IX

Un jour, il nous invite au restaurant. Il promet cet événement depuis longtemps. Maman s'esclaffe « Mais qu'est-ce qu'on fête ? », un peu comme si elle avait reçu deux Neuchâtel d'un coup. À plusieurs reprises, alors qu'on prend le temps de se promener avant de déjeuner, je le vois consulter des menus devant les restaurants. Il me pose des questions sur mes goûts. Les moules ? Tant mieux ! Il est heureux que j'aime les moules et il me promet de pouvoir reprendre plusieurs fois des frites si on va dans le restaurant auquel il pense pour cet événement spécial.

Devant Léon de Bruxelles, il me porte dans ses bras pour lire la liste des desserts. Quand il me soulève, je me rends compte qu'il est plus vieux que maman. Il dit « Hop là ». Quelquefois, je pense qu'il s'en rend compte car il interrompt son soupir en me hissant. Dans ses bras, je lis la liste des desserts. Mais je ne change pas d'avis. Une glace. Rien d'autre. Il veut quand même attirer mon attention sur la mousse au chocolat géante, ou l'omelette norvégienne, une sorte de glace ça aussi. Je persiste. Une glace vanille-fraise et rien d'autre. Il essaie d'appeler le restaurant pour réserver. Maman lui dit que ce n'est pas nécessaire, les réservations, chez Léon de Bruxelles. Mais ce Léon-là, celui de la grande rue, est le Léon originel, le premier de la chaîne, et il est très différent de tous les autres Léon. En plus, il souhaite demander une bonne table. Maman ne dit plus rien. Il cherche comment envoyer un mail pour signaler notre arrivée.

Ensuite, il ralentit le pas près d'un manège et sans qu'il ait besoin de lui conseiller quoi que ce soit, maman me propose un tour. Je choisis de monter sur la girafe la plus haute. Il accepte le café qu'elle lui offre en payant mes tickets de manège. « Deux tours ? me propose-t-il. Et puis une glace ? » Mais on va déjeuner bientôt, alors maman refuse de m'offrir une glace, mais quand il hausse les épaules, elle obéit. Vanille-fraise. Je jubile.

Il monte à côté de moi sur le manège, debout près de la girafe. S'amuser avec les enfants est son bonheur. Ma glace tombe quand la girafe commence à bouger. J'ai le cornet dans la main mais la boule rose est tombée par terre. Je cherche maman des yeux, qui tord la bouche, comme pour me rappeler qu'elle m'a dit de finir la glace avant le manège, sauf qu'il a répondu quelque chose sur la violence de la frustration et la nécessité du plaisir sans entrave de l'enfant.

Il ramasse la glace en me rassurant. Il est maladroit, alors il incline son gobelet et le reste de son café coule par-dessus la glace. On va aller en chercher une autre. Mais le type du manège est furieux quand, à la fin du tour, il s'approche de ma girafe et voit la glace fondue par terre. Pour moi, ça va très bien puisque je vais avoir une deuxième glace en descendant du manège. Sauf que le type du manège dit qu'on aurait dû l'écouter, finir la glace avant de monter, il n'y a pas de respect de nos jours, et maintenant le sol colle, ça colle par terre, ma glace fait des traces. En essuyant, il n'a rien arrangé car la glace a coulé entre les lattes. Du coup, le type du manège maugrée, il s'éloigne mais il répète : « Quand même, regardez-moi ça ! C'est pas possible des cochons pareils, des gens comme ça ! »

Alors que nous, avec maman, on n'est pas des gens comme ça. On est jamais comme ça. On est respectueuses des autres et quand on commet une erreur, on ne se fâche pas. On ne se défend pas, on s'excuse. Je sais que maman va monter essuyer comme il faut en s'excusant, je sais qu'elle va tout résoudre.

« Connard ! hurle-t-il, connard avec ton manège de merde ! Regarde ce que j'en fais ! » Il sort son inhalateur de sa poche et, avec le côté bleu, il se met à gratter le sol, il insiste bien fort entre les lattes pour faire ressortir la glace. Je suis toujours à califourchon sur la girafe, un pied hors de l'étrier. Au micro, le monsieur du manège crie : « Maintenant vous descendez immédiatement de mon manège monsieur, ça suffit ! » Furieux qu'on le hèle ainsi, il se redresse. Le dos courbé, les mains pendantes, on dirait un taureau. Maman, de loin, a seulement compris de la scène que ma glace est tombée. Elle me fait signe de descendre. Mais j'ai pas un deuxième tour normalement ?

X

Il marche vers le monsieur du manège qui a repris la vente de ses tickets. Il y a une dispute. Deux bras qui s'agitent devant la guérite. Maman me fait encore signe de descendre mais, trop tard, le manège repart pour mon deuxième tour. Si je tourne la tête à gauche chaque fois que je passe devant le réverbère je ne vois plus la guérite. Je chevauche ma girafe, dans la savane d'éléphants, de gnous, de bisons et de zèbres. Il y a quelque chose qui brûle dans mon ventre comme une glace chaude mais je suis capable de l'oublier à chaque tour. Surtout si je tourne aussi la tête à l'endroit du banc derrière lequel maman, debout, immobile, regarde vers la guérite. Je fais mon tour de manège toute seule. La musique du manège couvre les sons. Mais quand le deuxième tour s'arrête et que je descends, pile devant la guérite, je vois un attroupement. Les gens ont formé un cercle autour du monsieur du manège. Dingue. Fou. C'est quoi ce malade. Police.

Lui m'attend, avec le sourire de l'autre, celui avec qui il rigole parfois. Maman s'approche, furieuse. Moi je le sais, mais pas lui, parce qu'il ne connaît pas la colère de maman. Elle est blanche, inerte dans les yeux. Aussitôt il me parle de la glace qu'on va aller chercher maintenant, pour compenser la première, mais maman dit « Ça va bien là, il est l'heure de déjeuner, pour la glace on verra plus tard ». Alors il me pose la question et je donne raison à maman à qui je tends mon cornet vide. Elle veut le jeter, ce n'est pas la peine de manger un cornet tout sec juste avant de déjeuner. Alors que sa main approche de la poubelle, il arrête son geste et s'empare du cornet qu'il avale en deux bouchées. Maman presse le pas pour sortir du parc. Je ne pose pas de questions sur la dispute ni sur le mot « Police ». Je ne me retourne pas, afin de ne pas voir ce qui fait encore frémir le dos de maman : les fusils à canons sciés qui nous visent tous les trois dans le dos. Le monde vient de se retourner contre nous.

Je pense à autre chose. Maman tente une conversation et je sais qu'elle le fait pour moi. Lui, quand il fait comme si de rien n'était, prend une voix plus suave. Dedans, il y a quelque chose que je ne peux pas entendre, mais elle, oui. « En temps de guerre, tu aurais sans nul doute choisi la collaboration », sourit-il. Maman répond qu'elle ne voit pas le rapport ; que le monsieur du manège travaille dur et qu'on n'aurait pas dû monter avec la glace. Ensuite, elle propose d'en rester là. Mais il tient, avant, à lui démontrer que le salaire du monsieur du manège est tout à fait convenable. En effet, un forain peut gagner les bons mois jusqu'à 6 347 euros. Bien sûr, il y a les mois creux, tout dépend de la météo mais, sur l'année, un tenancier de manège gagne environ deux mille euros par mois. Pour rétablir l'ambiance, je pousse un petit cri d'étonnement. « Ça en fait des billes ! » Je découvre alors qu'il déteste les mots d'enfant quand il est fâché. Il m'envoie un sourire sec comme une banane. J'ai envie de me retrouver seule avec maman.

XI

On a obtenu la table qu'il veut, au premier étage, contre la fenêtre. Depuis l'incident du manège que j'ai complètement oublié, le dos de maman semble coincé. Il a demandé davantage de pain parce qu'il a déjà mangé toute la panière. Quand on passe la commande de moules, il dit à la serveuse qu'il ne va pas déjeuner. Maman fronce les sourcils. Pourtant il en est sûr. Il n'a pas faim. Il a mangé le cornet et tout le pain. Donc on mange, et pas lui.

Il me propose de reprendre des frites mais maman m'a déjà donné les siennes et ça commence à faire beaucoup. Il demande davantage de Ketchup. Il se tient droit et souriant, basculé en arrière sur son dossier, le bras déployé sur la chaise vide à côté de lui. Il évoque toutes les moules qu'on mangera en bord de mer. Il fait le tour de la France des bords de mer et, chaque fois qu'un nom de ville me fait rigoler, il demande si c'est l'effet Louis de Funès. Parce que normalement, le dimanche, on regarde un film, maman et moi. Mais quand elle évoque Louis de Funès, il ne la lâche plus. « Peux-tu répéter ce que je viens d'entendre ? Tu veux dire que tu as montré des films de

Louis de Funès à ta fille ? Et pourquoi pas *La Septième Compagnie* ? Sais-tu que ta fille a un esprit et qu'il faut le remplir de choses saines ? Pourquoi lui montrer des débilités ? En quoi est-ce enrichissant pour ta fille de voir *Le Gendarme de Saint-Tropez* ? Pourquoi l'humilier ainsi ? »

Ensuite, pour ne pas trop minimiser maman qui se ratatine sur sa besogne avec son dos bloqué, remettant les manches de mon pull à l'endroit, il reconnaît de la valeur à une autre série dont j'aime bien regarder des épisodes avec maman. Il évalue l'intérêt de ce programme. Il s'agit de la vision d'une société qui sait voter les projets, résoudre elle-même ses problèmes, des problèmes variés, aussi bien une épidémie de typhus que l'annexion de territoires. C'est un village modèle où on s'autogère. « Mais *Hibernatus*, *Rabbi Jacob*, franchement ? Amusant ? En quoi est-ce amusant ? »

Maman n'en démord pas. Se détendre avec une bêtise gentillette fait beaucoup de bien quelquefois. Mais il veut savoir pourquoi, dans la tête de maman, détente rime avec bêtise gentillette. « Bêtise gentillette ? » Il répète l'expression. Bientôt il va parler des Pim's. Pourquoi gentil est un compliment. Il veut comprendre, en étudiant le passé de maman, ce qui la pousse à être tellement idiote quelquefois. Alors il lui pose des questions sur Nala et Patou, mes grands-parents. Elle les défend, elle explique que ses parents ont des goûts normaux et qu'après tout, chacun ses goûts en matière de cinéma. Après, elle pouffe et lui dit qu'on en reparlera. Il plaisante en fait : « Et puis maintenant que je connais le répertoire cinéma, insiste-t-il, qu'en est-il du répertoire musical de ces dames ? » Soudain, il se rembrunit. Une information a mis quelques secondes de trop à arriver dans son cerveau. Maman a dit qu'on irait bientôt voir Nala et Patou. Toutes les deux.

Il commande ma glace, maman me sourit. Il dit que les sobriquets dans les familles sont comme les noms de villages. Des mélodies de collabo. Il reprend le tour de France des bords de mer et gobe la cigarette russe que je lui tends. « Je me demande si la plage de Carteret n'est pas juste à côté de chez tes grands-parents justement. »

Il ne regarde pas l'addition et pose sa carte de crédit sur la table. Quand la serveuse revient avec la machine, il fait plusieurs codes, tous mauvais. Sa carte se bloque. Il dit que ce n'est pas possible, il n'y a aucune raison que ça bloque, ça ne bloquait pas ce matin, il a fait plein de courses et ça ne bloquait pas, il a même tiré du liquide ! Il s'énerve contre la serveuse qui a bloqué sa carte. « C'est la machine qui refuse votre carte, je suis désolée monsieur. » Maman paie.

XII

Un jour, il passe à l'improviste. Puis il en prend l'habitude. De toute façon, il ne peut plus téléphoner pour prévenir car son téléphone a été coupé. À la place, il sonne à l'interphone. Quelquefois, il se contente de l'interphone par lequel il signale qu'il a laissé par terre, dans le hall de l'immeuble, quelque chose pour ma mère. Dedans, ça contient souvent aussi quelque chose pour moi.

La première fois que ça sonne, maman ne répond pas. La veille, c'est le fameux samedi, avec l'affaire du manège puis le déjeuner de moules et le retour morose qu'il interrompt brusquement, alors qu'on arrive pas loin de chez nous. D'un coup, il dit « Je vous laisse, bonsoir », et il part sans nous embrasser. Maman ébauche un geste vers lui, avant de remballer son bras comme s'il l'avait rejeté. Je ne pose pas de question au début. Je le regarde marcher droit devant lui et je trouve que son dos nous observe. Quand il disparaît, maman évite de se retourner. Une fois à la maison, elle entend la porte alors qu'il n'y a rien. Ça lui crispe les mâchoires. Elle a beau tirer son sourire vers ses yeux, elle ressemble à une éponge lourde. Toute la soirée elle tient une bouillotte sur son ventre, parce que ça réchauffe les corps glacés. Dès que je lui laisse deux minutes, elle téléphone en cachette aux amies qui lui restent. Quand je m'approche d'elle, elle termine ses phrases en anglais. Il lui manque quelque chose comme du sang. Mais ce n'est pas de manger des lentilles qui va lui en redonner. C'est lui, le vampire, c'est vrai, mais je le comprends plus tard, quand je suis grande.

Alors quand ça sonne la première fois, elle serre sa bouillotte, elle essaie de ne pas ouvrir. Elle dit : « D'ailleurs, pourquoi on ouvrirait ? On attend personne un dimanche soir ! » Elle n'a pas envie d'être sûre que c'est lui. Elle préfère m'apprendre à ne pas ouvrir la porte à n'importe qui. Je pense tout de suite que c'est lui mais elle me demande de me rasseoir pour qu'on termine de regarder notre film. Quand je me poste à la fenêtre du salon pour vérifier que c'est bien le haut de son crâne qui ressort de la maison, en bas, je préviens maman que c'est lui, qu'il faut vite le rappeler, qu'il s'en va. Il doit être tellement déçu de nous avoir ratées ! D'ailleurs, il traverse le boulevard sans regarder les voitures. On le klaxonne. Il attend d'être un peu plus loin pour lever la tête vers nos fenêtres et m'adresser un signe de la main. Je réponds à son signe, et maman me rejoint aussitôt à la fenêtre. Elle fait de grands signes elle aussi. Il semble étonné qu'on l'appelle. Il nous refait un salut puis s'éloigne. « Il ne revient pas ? dis-je. — Non, il aime se faire désirer, m'explique maman. Mais il sait depuis le début que tu le suis des yeux. »

Je me souviens de cette phrase comme de celles qu'elle dira ensuite, parfois. Des phrases clairvoyantes qui jaillissent de son être déjà parfaitement aveugle.

Depuis le déjeuner de moules, elle répète : « Qu'est-ce qu'on est bien tranquilles toutes les deux quand même ! » J'ai réintégré son univers. Elle a froid, mais je trouve qu'elle respire mieux quand il n'est pas là. « Tu devrais lui dire que tu en as marre qu'il te dispute, lui dis-je. — Il ne me dispute pas, se défend-elle, il m'explique des choses intéressantes... Il n'a pas toujours la façon de les dire, c'est tout. » Quand elle lit l'interrogation dans mes yeux, elle se rappelle qu'elle doit aussi m'apprendre à rester libre, alors elle conclut : « Tu as raison. Te concernant en tout cas, il n'a pas de conseils à me donner. Alors viens, on va faire le grand chelem ! Je te propose la fin du *Corniaud* puis *La Grande Vadrouille*, t'en dis quoi ? » Je crois que je lui réponds que je ne le répéterai pas, que c'est notre secret. Et je sais qu'elle me déçoit, en topant là.

Au bout d'une heure, l'interphone sonne à nouveau et elle se précipite. Elle répond. D'un geste, elle me fait signe de ne pas rester à côté d'elle et ils se parlent longtemps tous les deux, comme au téléphone. Je ferme la porte de ma chambre mais j'entends quand même son ton, entre de longs silences. Elle le calme. Au début, elle essaie de lui expliquer qu'il se trompe, puis elle le calme encore. Elle raccroche l'interphone. J'attends pour ressortir de ma chambre. On reprend le film. L'interphone sonne à nouveau. Ils discutent encore. Elle parle moins que lui. Je file dans ma chambre. J'entrouvre ma porte au moment où elle dit : « Est-ce que ça ne peut pas être un peu simple à la fin ? » En raccrochant brutalement, elle tranche : « Bon, on verra ça une autre fois, tout va bien là, c'est dimanche, j'ai du travail à terminer pour demain donc si quelque chose ne va pas, tu le dis et sinon bonne soirée. »

Elle a l'air contente d'elle mais après, très rapidement, sa voix s'effiloche, comme si elle avait peur de ce qu'elle vient de dire. Je la regarde. « Quoi ? me demande-t-elle, il ne va pas chouiner à l'interphone toute la soirée, t'es pas d'accord ? » Je valide d'un haussement d'épaules. Elle rit, mais déjà sa voix nous quitte. Sa voix traverse avec lui le boulevard et le berce de mots doux pour qu'il se calme. Elle comprend, un peu avant moi, que l'ami imaginaire va venir saboter chaque jour. Et pourtant, quand il sonne encore à l'interphone, elle répond, et elle répond oui quand il dit : « Est-ce que je peux monter ? » Elle se précipite ensuite sur la télé pour éteindre notre film et cacher la pochette du DVD. Elle fait semblant de la ranger entre deux livres pour mettre un peu d'ordre et quand elle voit que je la regarde, elle jette un plaid sur sa petite pile. Elle m'adresse un sourire faux. Comme si une amie intérieure avait poussé en elle.

XIII

Il a acheté deux bacs de Carte d'or d'un litre, plombières et banane, qu'elle accueille comme des Neuchâtel en les rangeant dans le congélateur avec délectation. Je demande à maman si on peut allumer la bougie qui crépite comme un feu de cheminée. Il s'en charge, écoutant avec moi la magie du feu de bois. Il y a un grand silence autour de nous. Je vais dans ma chambre préparer mon cartable. Mais, petit à petit, l'ambiance s'installe et quand j'entends qu'il lui parle doucement, je reviens au salon. La maison est comme un feu tranquille. Rien de désagréable ne s'est produit. Il semble heureux, calme, absolument serein, assis dans le rocking-chair de notre salon, à regarder maman qui trie ses dossiers en lui promettant qu'elle n'en a plus que pour deux secondes. Sauf qu'elle ne m'a pas fait réciter mes terminaisons, alors il propose de le faire à sa place. Il s'installe sur mon lit et moi, debout devant lui, je déclame mes imparfaits et mes conditionnels. Il n'ajoute pas comme maman des verbes en plus, ou des exceptions. Il dit qu'il est temps de jouer. Et je sors mon jeu de Sept familles. Il refuse, parce que je suis un peu grande pour les Sept familles. En revanche, il promet de m'apprendre les échecs et le jeu de go mais d'ici là il propose un jeu de dames. Dès que maman demande que je me couche, il obéit. Quand son ami imaginaire a flingué une journée, il le rachète. C'est ce que je vais comprendre, à chaque fois désormais. Il fait tout bien, aspirateur-suceur, regard au sol, il se fait tout petit. Sauf que maman le regonfle. C'est comme une roue de vélo. À coups de compliments, elle l'oblige à redresser les yeux et le cou. Ensuite, c'est le paradis.

Je m'endors sous leurs murmures. Maman pousse des petits rires. Lui, non. Il ne faut pas exagérer, mais je sens dans l'ambiance que l'ami imaginaire est parti se reposer pour quelque temps. Plus tard, je comprends que c'est juste le temps de reprendre des forces.

C'est la vie en rose. Il vient de plus en plus souvent à la maison. Il se met même à sonner gaiement deux coups dans l'interphone. Et puis un jour, maman lui dit que ce n'est pas possible cette histoire de téléphone qui ne fonctionne pas. Elle insiste pour payer sa facture. Il refuse. Comme pour manger. Mais finalement il accepte. Avec un air de tuyau suceur.

Ça le contrarie d'accepter, alors il rapporte encore des courses. Un lot de sardines et des bagels. Maman jubile. Manque plus que le Neuchâtel. On a toujours pas mangé la plombières et la banane périmées. Moi, j'aime qu'il soit débarrassé de son ami imaginaire. On repart comme au début. Maman toute sereine quand il est là, et moi très contente de ce fidèle compagnon de jeu qui connaît des tours de magie. Plein, mais pas celui de faire disparaître les deux serveurs du café qui me fait si peur désormais. Maman presse le pas quand on passe devant. Comme moi, elle sait qu'il y a des serveurs méchants à l'intérieur, et qu'ils peuvent jaillir sur nous si jamais ils nous confondaient avec lui. Pour les narguer, un jour, et pour nous sentir fortes, on s'assoit à la terrasse d'en face. Je prends un Coca. On est bien, on imagine nos vacances futures, les destinations les plus dingues, et même le tour des États-Unis en voiture. On prendra un break, on dormira dans le coffre, on traversera la Vallée de la mort, on s'arrêtera dans des motels, on dansera sur de la country, on rencontrera John Wayne. Et puis il arrive. Parce qu'il passait par là. Il se plante devant nous comme une belle surprise. Il reste debout devant notre table. Les États-Unis, c'est ce qu'il connaît de pire. Il n'ose pas s'asseoir si on ne lui demande pas de le faire. Maman frétille, frétille quand même. Elle ne trouve jamais bizarre qu'il apparaisse. Moi, je le trouve de plus en plus magique.

XIV

Je tire sur sa manche pour qu'il se mette de préférence à côté de moi.

Il s'assoit avec nous. Du coup, le café d'en face le voit très bien. Je sens maman mal à l'aise. Peut-être ressent-elle comme moi la trop grande proximité du café d'en face. Je me dépêche de finir ma boisson. Une copine d'école et ses parents passent sur le trottoir. Je crie « Inès ! » et ils s'approchent de nous. Ils parlent un moment avec maman. Lui ne leur dit pas bonjour. Il enfonce sa tête dans l'écran de son téléphone. Je suis fière de montrer qu'on est trois, pour une fois pas moi toute seule avec maman au parc, moi toute seule avec maman qui partons en vacances, nous toutes seules à la kermesse, maman toute seule qui vient me chercher aux anniversaires, qui regarde les spectacles de danse, qui porte le sapin sur son dos et accompagne au car tôt le matin pour la classe verte. Je veux continuer à être contente d'être trois, mais ça ne marche pas. Je me lève pour rejoindre Inès sur le trottoir. On est toujours gênées quand on se rencontre hors de l'école, à l'époque, mes copines et moi. On met au moins deux minutes à être naturelles. Les parents d'Inès demandent à maman son avis sur la maîtresse.

On rigole de plus en plus fort avec Inès. Je me dis qu'il va relever les yeux de son téléphone pour voir ce qui nous amuse. Il aime bien mon rire normalement, mais il ne doit pas aimer celui d'Inès. Maman trouve la maîtresse beaucoup plus patiente et concernée que celle de l'année précédente. Et on fait de magnifiques travaux d'art plastique ! Les parents d'Inès l'approuvent. Ils pourraient s'asseoir avec nous, on pourrait s'installer au café tous les six comme deux familles ensemble. Mais ils sont plantés là, debout, et je comprends que maman ne va pas leur proposer de s'asseoir, à cause de lui. Elle a bien tenté de le présenter. Il a relevé la tête de son téléphone le temps de faire sourire son ami invisible. Puis il a replongé le nez sans même murmurer un bonjour. Elle sourit deux fois plus. Elle compense. Elle valorise. Elle s'adapte. Lentement, Inès et ses parents s'éloignent. Encore quelques signes de la main, quelques mots à la volée, auxquels il pourrait participer. Mais il ne leur dit pas au revoir. En revanche, il pose son téléphone, et regarde à nouveau droit devant lui. « Pourquoi ne leur dis-tu pas au revoir ? lui demande maman. — À qui ? » interroge-t-il.

« Elle est belle hein, Inès ? lui dis-je. — Non, me répond-il, elle a un physique ingrat. Du latin "ingratus" qui signifie déplaisant, désagréable. »

Maman sait qu'il ne plaisante pas mais elle fait comme si. Elle pouffe. Moi, je défends ma copine. Elle a de super beaux cheveux ! « C'est ce qu'on dit aux enfants des autres quand ils sont moches et qu'on a rien à leur dire », me lance-t-il. Maman rit moins. Elle se permet un mot sur les parents, à mon adresse : « En tout cas, ils sont très sympas, on les invitera à goûter un jour si tu veux. » Il éclate de rire et répète « Voilà, très sympas ». Maman se tend davantage, parce qu'elle voit mes yeux mécontents, mon menton en avant. Aujourd'hui, elle ne veut pas le laisser gagner. Elle insiste en continuant à parler d'eux : « Elle est pharmacienne. Et lui a monté sa boîte de com, ou de déco, je ne sais plus. En tout cas, il est entrepreneur. » En effet, elle ne sait plus. Et ça va la perdre. Il rit encore une fois, il n'a jamais autant ri. « En quoi est-ce un gage d'intelligence d'être entrepreneur ? Comptes-tu me dire qu'ils ont une maison de week-end en baie de Somme ? » Maman se rattrape aux branches. Je l'aide en disant : « Non, ils ont une maison au ski, c'est chez les grands-parents d'Inès et un jour elle m'invitera ! » Maman me sourit. Il continue sur sa lancée : « L'entreprenariat, c'est tout ce que je déteste. Je ne suis pas pour le profit. Je suis pour le bien commun. Mon idéal, c'est l'appartement communautaire. »

Maman ne voit pas le rapport. Elle le dit. Moi, je vois le café d'en face qui se rapproche de nous. Je n'arrive pas à être sûre que le serveur qui s'occupe de la terrasse est le méchant de l'autre jour. Mais ils se sont sans doute tous prévenus entre eux. Toute la rue, même les commerces où il ne va pas sont au courant.

« Pharmacienne, agent immobilier, décorateur, le fait est qu'ils ont l'air complètement cons », reprend-il. Maman se ferme définitivement. On reste là, tous les trois dans ce café. Si on bouge, est-ce qu'il va nous suivre ? Je suis trop petite pour avoir l'idée de tendre un piège. Je ne pense pas à dire à maman qu'on a rendez-vous quelque part et qu'on doit se dépêcher. J'attends qu'autre chose se produise. Maman doit relancer la conversation. Elle le fait en évoquant mes évaluations de maths. Il commente : « C'est un peu plus intéressant que l'art plastique il me semble ! » Le rose monte aux joues de maman. Elle se lève brutalement. Elle lance des pièces sur la table comme si elle était lui, et me dit qu'on y va. Elle attrape ma main. Il se lève et nous emboîte le pas. Je pense Gros balourd, tas de viande. Je murmure : « C'est quoi un appartement communautaire ? » Maman presse le pas. Elle sait qu'il marche comme un vieux. Si on s'applique, moi surtout, on va le semer sans problème. « L'appartement communautaire est une utopie. Vu par lui, tu veux que je te dise ? C'est habiter gratuitement dans un appartement en payant les cohabitants avec des Neuchâtel. » Elle me fait un sourire figé, colérique, bizarre. Je me dis qu'on ne reverra plus sa face de rat qui dit du mal d'Inès. Mais au bout de quelques pas, je pense que c'est injuste, qu'il va me manquer. C'est son ami imaginaire qui lui a fait un sale coup. Il va revenir. On aura tous tout oublié.

« Allez, ne te retourne pas, me demande maman. Tout va bien. Allez, on marche comme si tout allait bien, et il se calmera. »

Donc il reviendra.

En fait, c'est comme une épidémie. C'est par vague. Ça monte, ça redescend, mais ça ne s'arrête jamais.

XV

Maman a éteint son téléphone. En tout cas, je ne l'entends plus vibrer. On révise mes évaluations. Je me souviens qu'il est absent durant toute cette période. Quatre jours pleins. Le jeudi soir, maman rentre tard du travail. C'est la baby-sitter d'Inès qui me dépose à la maison après l'école. Elle repart à sept heures et maman rentre à huit heures maximum. Elle m'a préparé le dîner dans le frigo, avec des mots épinglés partout. Elle déteste travailler tard et, plusieurs fois, il a proposé de venir me garder dans ces cas-là mais, cette fois-ci, elle ne l'a pas prévenu de son absence, pour ne pas avoir à accepter sa présence.

L'interphone sonne avant qu'elle revienne mais je ne réponds pas. Je reste assise sur le canapé pendant un moment. Le lendemain, elle me dit que la gardienne a sonné pour nous remettre un paquet. Elle me félicite de ne pas lui avoir ouvert la porte. J'ai pourtant hésité, j'ai quitté le canapé pour rôder dans l'entrée, à pas de loup, et puis, sur le palier, j'ai entendu s'éloigner un pas qui n'était pas le sien. C'était un pas plus léger, un pas à l'aise, un pas dans son bon droit. J'ai pensé qu'il n'avait pas de pas, lui, à part celui d'un fantôme ou d'un taureau. J'ai pensé que si ça se trouve, dans ses jambes aussi, il avait des amis imaginaires ou des ennemis véritables. Et si ses jambes étaient les jambes du garçon de café ? J'ai pensé qu'il prenait toujours l'ascenseur, or le pas qui s'éloignait marchait vers l'escalier. Alors j'ai refait du bruit normalement. Et j'ai cessé d'avoir peur.

Maman me donne le paquet que la gardienne lui a remis. Ce sont des petits élastiques à nouer ensemble avec un crochet pour en faire des bracelets, et puis des post-it en forme d'étoiles. Ils sont accompagnés d'une carte postale représentant trois personnages dans l'herbe. Il a écrit dessus, sur l'œuvre directement, pas au dos de la carte : « Regarde ce Picasso, je t'emmènerai le voir en vrai. » Maman sourit en lisant à grand-peine l'écriture illisible.

Ses lettres ne se ressemblent jamais d'un jour à l'autre. Parfois son écriture descend la feuille tout schuss. D'autres fois, des pattes de mouche écrasent de grandes boucles. Il trace des majuscules bâton qui se percutent. Dans un carnet qu'il garde dans son manteau, il écrit aussi ce qu'il mange, s'il boit de l'eau plate ou gazeuse, combien il y a de farine selon lui dans une part de pizza. Il dessine les ronds blancs d'une tranche de saucisson. À côté, des séries de chiffres, comme des numéros de téléphone pour s'entretenir avec l'infini.

Je demande à maman pourquoi il a dit du mal de nos amis l'autre fois. Elle me répond qu'il n'a dit aucun mal puisque, bien sûr, il plaisantait. Je m'insurge : « Mais il n'a même pas levé le nez de son téléphone pour leur dire bonjour !

— Bien sûr que si, me répond-elle, qu'est-ce que tu racontes ? Tu étais avec Inès et tu n'as pas dû voir. »

Alors pourquoi est-on parties toutes les deux si fâchées contre lui ? Je ne pose pas la question, mais maman l'anticipe : « Nous avons eu un petit accrochage, parce que je ne veux pas qu'il critique devant toi ma façon de t'élever. Il n'a pas le droit de faire ça. Ça ne le concerne pas. »

Je comprends qu'il y a des zones troubles auxquelles je n'ai pas accès, où maman et lui se rejoignent parfaitement. Des zones où ils m'échappent, où ils me mentent. Sans doute des zones violentes. Une fois, par exemple, il rentre dans la salle de bains alors qu'elle s'y trouve. Je crie : « Non, n'entre surtout pas, maman prend sa douche, elle va être toute nue ! » Il me sourit mais il entre quand même, et juste avant de refermer la porte derrière lui, il me dit : « Tu sais, ta maman, je la vois nue tous les jours. » Il rentre. Je me retrouve derrière la porte fermée, hésitante. Est-ce que j'entre moi aussi ? Mais il ressort de la salle de bains presque aussitôt. « Que fais-tu encore là ? » me demande-t-il.

Il n'a pas l'air content. Je suis soulagée. Maman a dû lui dire pareil que moi.

XVI

Quand maman sort de la douche, il déblatère toujours tandis que je me tortille sur le pouf du salon, en réponse à ses propos sur l'intimité. Maman fronce les sourcils, il répète ce qu'il est en train de me dire. « J'expliquais à ta fille que ton corps, je le vois nu. C'est important qu'elle le sache. »

Maman n'a jamais ressemblé à Louis de Funès mais là oui, répondant à la cantonade, le nez au ciel : « Ben qu'est-ce qu'y dit çui-là ? »

Elle veut me faire rire, et je ris. Refusant qu'elle s'en sorte d'une pirouette, il lui répète : « Fais l'idiote si tu veux mais il est important qu'un enfant sache que sa mère a un corps qui lui appartient. Dans notre cas, j'ai accès à ton corps et tu n'es pas la propriété personnelle de ta fille. »

« Vi vi vi, oilà-oilà », dit maman qui est devenue complètement débile et sautille sur le tapis pour m'amuser davantage. Elle essuie la buée qu'il installe sur nos vitres. Le brouillard qui tombe dans le salon. Elle n'ose pas lui dire « Ferme-la », alors elle rit plus fort, et moi avec. Je ris de plus en plus fort. Lui, il la regarde avec ses yeux bas.

Ses paupières lourdes. Il rengorge son menton de poule. C'est la dégringolade. Il se lève, l'attrape par le poignet. Elle cesse de faire l'andouille et il l'attire à lui. D'une main, il tient ses cheveux, de l'autre il caresse sa joue et l'embrasse. Quelque chose de trop brutal qui casse mon rire d'un coup sec. Je me mets à pleurer. Ma mère se raidit mais il l'embrasse encore, cheveux pris, bouche prise. Elle se dégage et moi j'ai déjà essuyé mes yeux. C'est la première fois que je pense qu'il va être content que j'aie de la peine. Alors j'arrête. Et je rigole.

Maman sait. Elle n'ose pas regarder vers moi. Il dit : « Et ta maman, vois-tu, je l'embrasse, je l'embrasse comme ça, et je l'embrasse toujours comme ça, c'est important que tu le saches. » Alors c'est à mon tour de faire des simagrées. Je m'exclame : « Pouah, c'est dégoûtant, je ne ferai jamais de bisou sur la bouche à personne ! »

Maman s'éloigne. Il lui demande si ça la dérange tant que ça d'enseigner à sa fille autre chose que des sornettes. Si c'est un problème pour elle de considérer l'enfant comme une personne douée d'un cerveau et d'une réflexion. Si elle vit elle-même dans *Hibernatus.* Si ses parents lui ont fait croire qu'elle était née dans une rose. Si elle a déjà eu un mec avant lui, un vrai, qui connaît sa place d'homme et la tient. Si elle se sent riche de rire bêtement des sujets graves. Si elle compte, à ma puberté, me raconter que les règles sont des larmes de ventre. Si elle a déjà côtoyé des enfants maltraités. Si elle sait que la non-considération de l'intellect de l'enfant est une maltraitance. Si elle s'est documentée sur le sujet. Si cela lui pose problème qu'il intervienne, qu'il se pose ainsi en homme. Si elle préfère les cons auxquels elle a eu affaire jusque-là. Si elle regrette le temps des soirées foot-bière de sa jeunesse. Si elle sait qu'on devient celle qu'on ne sait pas être à condition de se punir. Elle hausse les yeux au ciel. Si elle aurait agi pareil en temps de guerre. Ça recommence. Si elle ne se serait pas donné du mal, cachée dans une cave, pour élever jusqu'à l'âme de sa fille. Si elle aurait continué à regarder *L'Aile ou la cuisse* en entendant les sirènes des bombardements. Ou en voyant des Allemands arrêter des gens. Est-ce qu'au moins elle se serait interposée ? Est-ce qu'elle aurait aidé quelqu'un ? Caché quelqu'un ? Est-ce qu'elle aurait bouffé du pain blanc en se réjouissant de ne pas en avoir pour les autres ? Est-ce qu'elle a déjà couché avec un étranger d'ailleurs ? Est-ce qu'elle coucherait avec un homme pour en sauver un autre, par exemple de l'échafaud ? Est-ce qu'elle est pour la peine de mort ? Est-ce qu'elle va répondre oui si c'est ma fille qu'on viole ? Est-ce qu'elle est contente de donner cette image de mère conne à une petite fille qui a besoin d'équilibre justement ? Et là, maman hurle : « Ta gueule ! Ça veut rien dire ! Je sais que ça veut rien dire ! Ta gueule ! »

Mais il ne se tait pas. Sa voix n'est pas forte d'ailleurs, il continue à cracher des phrases, elles sortent de sa bouche comme d'une photocopieuse. C'est son cerveau qui suinte. « Qu'est-ce qui ne veut rien dire ? insiste-t-il. Tu n'aimes pas que j'évoque la guerre ou bien c'est l'intellect qui te rebute ? Tu sais, la pensée est la seule chose qui nous sauvera quand nous devrons fuir. Je t'aide à l'alimenter. Mange ça au lieu de préparer à dîner. Et donne des mots à manger à ta fille. » Il regarde vers moi mais c'est comme s'il voyait en transparence l'armoire devant laquelle je me tiens, et même ce qu'il y a dedans. Je recule vers ma chambre. Maman me rassure, « Tout va bien, tu peux aller ranger ta chambre, jouer un moment, il va partir bientôt et puis on dînera après. Soirée crêpes ». Elle pouffe.

J'attends dans ma chambre. Je ne veux pas m'asseoir sur mon lit, l'oreiller sur la tête comme un enfant battu. Je regarde tous les cadeaux qu'il m'a offerts. Un à un, ils se détachent des murs. Ceux qui restent accrochés, je les décolle, je les recolle quand je vois que j'arrache le papier peint en les décollant. Quand je n'entends plus rien, quand j'ai l'impression qu'il est parti, je ressors de ma chambre. Maman prépare le dîner, je m'assois à table, toute seule sur le grand tabouret. Elle s'installe face à moi. « Il n'est pas parti, me dit-elle, il a perdu les clefs de chez lui. Mais il partira demain matin. » Il est dans la chambre de maman. Dont il ne ressort plus pendant des jours et des jours. Elle dort dans le salon. Je le sais en me levant la nuit et en la voyant pelotonnée sur une seule place du canapé.

Le samedi suivant, on va voir des tableaux de Picasso. Maman a sa grande bouche, son beau manteau bleu ciel. Il me demande des nouvelles de ma copine Inès et maman en donne à ma place. Je suis justement invitée à la montagne pour les vacances et c'est la surprise. Je saute de joie. Je vais apprendre à skier. Il me félicite, il dit « Bravo » comme si j'avais déjà ma troisième étoile. Il dit « Bravo » aussi parce qu'il va pouvoir emmener maman en vacances sans moi.

XVII

Il serait toujours enfermé dans la chambre de maman. C'est le plus probable. Il a sans doute fixé un verrou invisible car je n'ose pas pousser la porte. Il l'a donc fixé sur moi. Est-ce qu'il a le pouvoir, comme sur maman, de freiner mes gestes ? Au bout de plusieurs jours, je n'ose toujours pas demander s'il est encore là. J'ai peur de déplacer mes questions dans maman, de l'alourdir. Est-ce qu'elle sait, elle, au moins ? Est-ce qu'elle sait où il est ? Est-il devenu transparent sous un drap blanc ? Quand je suis à l'école, je n'y pense pas. Quand je rentre, c'est comme un battement, dès que l'accordéon de l'ascenseur se referme et que la cage décolle vers notre étage. Je me demande si je vais arriver dans un manège joyeux ou triste. Alors je me débrouille et je vis plusieurs jours en pensant qu'il est là. Je préfère le savoir là avec ses gros pieds, plutôt que fantomatique, reconnaissable seulement à la perception olfactive. Cèdre moutardé. Orange écorchée. Je ne vois pas sa bouteille d'eau de toilette. J'ai oublié son nom. J'épie le moindre bruit. Je sais qu'il aime vivre avec les fenêtres ouvertes, alors j'écoute à travers la porte de la chambre si j'entends des voitures sur le boulevard. Je me demande quelle tête il va faire en sortant de la chambre. Est-ce qu'il va me croiser sans me parler ? Est-ce qu'il va se faufiler pour ne pas me voir ? Comment fait-il pour ne pas sortir ? Est-ce qu'il fait pipi par la fenêtre ? Dans le ficus ?

Maman a l'air bizarre. Son teint, son visage tiré, cerné, ses yeux qui brillent. J'ai l'impression que c'est de ma faute, cette fièvre froide qui la recouvre, et je lui demande pardon. Elle me répond que ce n'est pas grave. Donc j'ai effectivement fait quelque chose, mais quoi ? J'essaie de me faire pardonner, je lui propose un jeu de dames, des jeux du prince et de la princesse. Mais elle a beaucoup de travail. Elle s'occupe de moi comme un automate. Elle fait, toujours *à la besogne*, réveil, école, travail, dîner, travail, coucher. Ça se voit que le temps qu'elle passe à s'occuper de nous deux ne lui convient pas. Parfois ses yeux pâlissent, même l'iris, comme si, à distance, il la délavait de l'intérieur. Il a dû lui injecter un produit nettoyant qui l'efface. Quand il n'est pas là, elle part avec lui. Elle n'est plus là non plus. Quand elle va dans sa chambre, sans doute qu'il y est aussi, toujours caché dans le placard, plié dans le tiroir, repassé entre deux piles de draps, et qu'ils imaginent un scénario pour fuguer ensemble. Ou pire. À l'époque, je pense à une disparition et pas à la mort, mais maintenant je me demande si je n'ai pas eu souvent peur qu'il la tue. Qu'il lui fasse croire que la mort était une respiration ultime, la seule qui vaille vraiment le coup. La seule émotion forte de la vie. Une de ses conneries en barre comme elle répétera des années plus tard au pompier venu la soustraire du vide sur lequel, penchée, elle dira voir des lettres défiler, surtout des S, avec des piques au bout.

XVIII

Je pense de plus en plus à Esther, j'en fais ma copine adolescente et chaque fois que je lui invente un visage pas sympa, je le supprime et lui en mets un autre. Je l'ai vue en photo, de dos, ses cheveux châtains aux épaules, son legging gris ou noir rentré dans ses bottines fourrées à la cheville, son blouson en jean. Je m'habille comme elle, j'essaie de lui ressembler. Si on est sœurs de pensée, elle finira par se confier et par me raconter des choses sur son père. Je prends garde à ne pas la rendre jalouse. En pensée, je fais celle qui le connaît à peine. Je ne lui dirai pas qu'il a déjà poussé la balançoire au parc ou tendu les bras en l'air pour que je ne tombe pas des grands espaliers. Je ne lui dirai pas qu'il est caché depuis des jours dans la chambre. Peut-être dans le mur, tout simplement ? Comme un isolant entre la chambre de maman et la mienne. Quelquefois, Esther se retourne brutalement et elle a le visage de sa mère. Quelquefois, elle a le visage d'une de mes copines. Inès, de préférence.

Je finis par interroger maman : « Pourquoi il ne voit pas sa fille ? » Quand elle m'avoue qu'elle n'en sait rien, je lui donne la réponse, parce qu'il me l'a dit : « Son ex-femme est une méchante sorcière. » Maman se contente d'un haussement d'épaules. Elle retourne dans sa chambre chercher quelque chose, et je profite de la porte ouverte pour entrer avec elle et vérifier. Je ne vois rien de lui. J'enchaîne des roulades sur le tapis, pour discrètement inspecter jusque sous le lit. Il y a une grande penderie avec des portes vitrées que maman a supprimées dans un appartement suivant, ne pouvant supporter de l'y voir s'y refléter. Il y a sa boîte à bijoux, un joli coffre avec une clef ancienne que j'ai le droit d'ouvrir seulement quand maman est là. Je sors les merveilles. Je peux jouer avec, les enfiler sur mes poignets et sur mes doigts. Elle s'assoit sur le lit pour me regarder jouer, elle s'allonge. Je me rends compte qu'elle est toute plate. Le chagrin peut vraiment vous aplatir complètement. Je m'étends à côté d'elle. Je lui demande si elle connaît l'endroit où il habite, si elle y est déjà allée et si elle a déjà vu Esther. Elle me répond « Non, mais ne t'en fais pas, tout va bien tu sais ». Je regrette qu'il ne vienne plus nous voir, j'explique que j'adore quand il est là. Et qu'il doit m'emmener au cirque aussi. « Tu crois qu'il s'en souvient ?

— Bien sûr, il se souvient de tout, c'est un ordinateur », me répond maman.

Elle s'absente en regardant le plafond. On dirait que la queue du Mickey est devenue trop haute pour elle. Tant que ça monte et que ça descend, c'est rigolo, on a envie de l'attraper, mais depuis qu'il l'a collée au plafond, elle est épuisée. Elle préfère arrêter le manège que d'aller le décrocher là-haut. Elle n'a plus envie de l'attraper. Pour le moment. C'est comme une course de haies. Reprise. Entraînement. Épreuve. Repos.

Pendant notre câlin sur son lit, son téléphone vibre en cascade. Mais elle ne le regarde pas. Alors je demande des explications. Maman s'empêtre, m'expliquant qu'il est parfois pénible. C'est injuste pour lui, avec tous les bons moments qu'on a vécus, même si, d'accord, le monsieur du manège, le monsieur du café, la dame du restaurant... Maman m'explique que ce sont ses affaires, pas les miennes. « Et puis tu ne trouves pas qu'on est bien peinardes toutes les deux ? D'ailleurs, où aurais-tu envie de partir cet été ? » À la mer. On ira chez Nala et Patou et ensuite on trouvera un endroit idéal. Elle promet. Je me couche à côté d'elle, je sens que ça va marcher de dormir là, avec elle. Et ça marche. À chaque fois que j'ouvre les yeux, elle me regarde. Elle ne dort plus. Peut-être qu'elle tient le mur fermé pour ne pas qu'il apparaisse. Quand elle ne le recoud pas lui, elle recoud notre maison.

XIX

Une nuit, l'interphone sonne. Elle se lève pour lui ouvrir. Il est là. J'entends des froissements de manteau et sûrement ses mains dans ses cheveux, dans ses joues. Ils essaient de ne pas faire de bruit mais des étoffes frôlent les murs.

Est-ce qu'il va dire quelque chose sur ma place dans le lit ? Je me mets sur le ventre. J'arrange mes cheveux comme ceux d'Esther sur la photo car si je lui ressemble, en entrant et en me voyant dormir, il sera touché et n'osera rien me dire.

Il n'entre pas. Maman et lui passent la nuit dans le salon. Quand je me lève le matin, il a disparu. Quand je demande à maman qui est venu cette nuit, parce que j'ai entendu du bruit dans l'entrée, elle m'assure que j'ai dû rêver. Pourtant le soir, dans la rue, avant mon cours de danse, j'aperçois sa silhouette. Il est bien revenu. Il se plante devant nous sur le trottoir, les bras lourds, les yeux encore plus sombres que d'habitude, mais avec un sourire profond qui rend maman bleu pâle. Des couleurs d'aurore ou de crépuscule. Il demande à maman si elle veut prendre un café pendant mon cours. Il me tend une enveloppe qui contient deux places pour aller au cirque. « Tu iras avec ta maman », me dit-il. Maman me presse vers les vestiaires et m'attendra à la sortie. Avec lui. Je le sais.

Que font-ils dans le café quand je ne suis pas là ? Est-ce qu'ils s'escriment à se comprendre ? Dessine-t-il sur les nappes des lettres avec des dents, ou bien le prénom de maman ? Quand elle arrive, s'est-il déjà fâché avec le serveur parce qu'il a écrit du bout de la plume de sa cuiller, avec son café noir, des mots d'amour jusque par terre sur lesquels il a versé du sucre pour les cristalliser ? Ou bien c'est comme dans les films. Ils n'en peuvent plus de s'être perdus et ils se le disent avec les yeux. Et puis je les oublie. Je participe à mon activité, je me demande si j'aime la danse ou si je vais devoir en faire plusieurs années encore, même si je n'aime pas. Je me demande si quand je dis détester les épinards, je le pense. Je pense à mes trucs, et souvent je dis du mal de maman et de lui, en compagnie de ma copine invisible Esther.

À la sortie, il n'y a que maman. Je le cherche des yeux, mais rien. Est-ce que j'ai rêvé ? Je fouille dans ma poche pour trouver les tickets de cirque. Ils sont bien là. Je demande à maman quand on ira, et elle opte pour le samedi suivant. D'ailleurs, justement, comme il va faire beau, il a proposé qu'on fasse aussi un grand pique-nique tous les trois. Est-ce que ça me plairait ? Au mot « grand », je comprends que la vie est revenue et les yeux de maman s'éclairent.

Le samedi, quand il sonne à la porte en fin de matinée,

il est exactement comme avant. L'œil clair en supplément. Maman a préparé un panier avec une nappe. Il s'en empare et c'est reparti. Elle ne doit rien porter, il l'abrite du soleil. Il joue avec moi. Il organise un petit marathon pour nous, moi et les deux amies que je me suis faites dans le bois. Il s'occupe de maman. Il lui tient la porte du bus. Il ne se dispute avec personne dans le bus. Même quand la dame avec son chariot de courses bouscule maman pour descendre, il sent qu'il ne doit rien dire. Le regard de maman posé sur lui le neutralise. Il ferme ses deux yeux comme pour l'approuver, comme s'ils s'étaient mis d'accord tous les deux sur une chose. Se calmer. Il est tout calme. Il me parle d'Inès, il aimerait beaucoup qu'elle nous accompagne au cirque par exemple. Maman dit que c'est une très bonne idée mais plus tard, quand elle le propose aux parents, ils refusent. Ils refusent quand ils apprennent que maman ne sera pas au cirque avec nous. Ils proposent de m'emmener, moi, voir un autre spectacle par exemple.

Quand maman nous annonce qu'Inès ne pourra pas venir, nous sommes en train de construire un gratte-ciel en Kapla. Il redresse les yeux vers maman qui, debout audessus de nous, semble nuageuse. Sans que personne ne bouge, le gratte-ciel tombe.

XX

Durant cette période, il arrive à la maison avec une boîte à chaussures abritant deux oiseaux gris. Ou bleus. On n'arrive pas à tomber d'accord sur la couleur. C'est toujours deux contre un. Quand maman voit la boîte à chaussures, même si elle est très usagée et qu'elle ne contient pas de soulier de vair, elle sourit. Parce qu'il lui apporte quelque chose, donc il a sa tête de vainqueur, type père de famille bien coagulé qui sort en prime, de derrière son dos, un bouquet de jonquilles ramassé pour elle dans le métro. « Le fleuriste n'avait plus de papier cristal », lui dit-il. Elle le croit. Alors qu'en passant devant le métro, tout à l'heure, on l'a bien vu, ensemble, le vendeur de jonquilles et sa bassine en plastique beige. Je le dis. Avec mon élan qui le met parfois en joie. Mais pas cette fois.

Maman m'adresse une petite moue désapprobatrice. Elle est encore légère. Depuis qu'elle a réussi à remonter le gratte-ciel en Kapla de l'autre fois. Elle assure. Elle tient tout. Elle recoud même les gratte-ciel.

Elle sort un vase, elle hésite entre plusieurs formes avant de trouver la bonne. Un joli vase rond, bleu marine, parce que bleu marine et jaune, ça forme un dégradé. Elle m'apprend le mot. Il la reprend. Un dégradé ne signifie pas que deux couleurs s'harmonisent bien ensemble. Ne veut-elle pas plutôt parler d'un camaïeu ? Un dégradé évoque des couleurs d'un même ton. Rothko... Il sort son téléphone pour me montrer des toiles. Elle fait sa tête Neuchâtel glace plombières-banane, et dit en contemplant ses fleurs : « Je suis gâtée, ce n'est pas mon anniversaire pourtant ! » Elle regarde bien sûr la boîte à chaussures qui s'agite. Elle lâche : « Rassure-moi, ce ne sont pas des petites souris là-dedans au moins ? » Mais lui parle toujours de Rothko. On ira voir ses œuvres à Washington, à Venise. Partout où est Rothko, on ira.

Je comprends qu'il est resté bloqué sur les termes que maman a employés. Elle a dit « là-dedans » en parlant de la boîte qu'il a portée ici comme un trophée, elle a dit « rassure-moi » avec un sourire mais un peu d'ironie aussi, alors il essaie de faire passer ces piques par-dessus lui. Ils se sont promis quelque chose de cet ordre-là. Éviter les vagues. Éviter la queue du Mickey au plafond. Donc il tente d'expédier ailleurs les vilains mots choisis par maman. Moi, je les vois, encore accrochés au-dessus de son crâne, prêts à fondre vers leur cible, le cerveau droit, ou gauche, le trop sensible. Les mots veillent, têtes à l'envers, comme des chauves-souris épinglées ailes ouvertes sur le mur derrière lui.

Il a mis un scotch autour de la boîte, et percé le couvercle de quelques trous. Elle est à présent posée sur la table basse du salon, à côté des jonquilles. Et de la boîte à thé rouge et or que maman m'a reprise moyennant un troc. En échange, elle m'a offert une boîte en plastique des héros Disney avec des cases, un tiroir et un cadenas. On entend la boîte remuer encore. Il me dit de l'ouvrir, sans la retourner, et je me précipite dessus. Je demande à maman de m'aider avec le scotch. « Cesse de toujours demander de l'aide à ta mère et débrouille-toi », me dit-il. Sa réflexion ne me dérange pas, mais quand maman se baisse, s'accroupit pour se mettre au niveau de la table basse et défaire le scotch avec moi, il répète, cette fois sous forme d'ordre : « Relève-toi. Ta fille est capable d'ouvrir une boîte à chaussures toute seule. »

Elle se relève et se rassoit. Il passe son bras autour de son épaule. Il la regarde avec fierté, puis moi, un peu comme s'il posait sur une photo de famille que la pellicule ne voulait pas prendre. Il croise les jambes, se détend dans le canapé. Il n'y aurait pas cette chauve-souris à présent géante qui ricane au-dessus de lui, je dirais que cette image de salon familial est réussie. Dans sa tête, il allume un gros cigare et boit un scotch en parlant plusieurs langues étrangères à la fois. Maman dit que les jonquilles font vraiment joli sur la table. Il répond qu'en effet, les jonquilles s'appellent des jonquilles Narcisse et sont des symboles, dans le langage des fleurs, de la langueur d'amour et du désir. « Toi qui aimes parfois la poésie débile des choses », précise-t-il, avant de se pencher vers la boîte et de m'aider à en retirer le scotch. Il soulève doucement le couvercle mais seulement dans un angle. On entend des coups d'ailes cette fois, et je m'exclame : « Des oiseaux ! » Il demande à maman du film alimentaire et en recouvre la boîte au fur et à mesure qu'il en arrache avec moi le couvercle.

Il a rempli le fond de la boîte de cotons, ces cotons comme des boules multicolores que j'ai déjà vus dans les vieilles affaires de grenier, aplatis et jaunis. L'un des oiseaux a la patte abîmée. Il explique que la boutique de décoration était fermée et qu'il n'a pas pu m'offrir la cage à oiseaux rétro en fer forgé que j'ai montrée du doigt dans la rue l'autre jour. Maman ne dit rien. Et puis soudain elle dit que ça ne va pas être possible. Elle n'aime pas particulièrement les oiseaux en cage. Elle déteste leur bruit. « On dit un chant. » Elle ne sait pas quoi faire de ces bêtes qui se cognent au plafond de leur boîte et vont finir par mourir étouffées. Moi, je suis contente. « On pourrait les laisser voler dans la maison le temps de leur trouver une cage ? » Maman refuse. Il me demande de sortir de la pièce pour s'entretenir avec elle. Je veux emporter la boîte dans ma chambre mais maman m'en empêche. Les oiseaux sont stressés, ce n'est pas la peine de les bouger. Laissons-les là le temps de trouver une solution. Il n'y a pas de problème.

Je me dis que même si les oiseaux s'en vont, ça ira. Ce n'est pas comme s'il avait rapporté des bébés chats. Je peux supporter le choc de leur disparition. Ce qui m'effraie, ce sont les proportions que tout ceci est en train de prendre. Je rembobine. Il y a quelques minutes, il est arrivé chez nous content, armé de deux cadeaux. Le premier trône. Ouf. Le second pose problème parce qu'il n'a prévu ni la cage ni la réaction négative de maman. Maman peut-elle sourire à présent ? Prendre les choses un peu mieux ? Le ton monte, à côté de ma chambre. Le sien. Parce que celui de maman reste doux. Elle dit : « Désolée, mais il aurait fallu me demander avant, ce n'est pas du tout pratique d'avoir des oiseaux, et puis je ne vois pas l'intérêt de mettre des oiseaux en cage. Ils sont malheureux, je déteste leur bruit. » « Chant ! » ai-je envie de lui crier depuis l'embrasure où j'écoute. Elle fait exprès ou quoi ?

XXI

Il reste prostré, le regard bas, le menton pendu. Son mécontentement forme une brume de bave autour de sa bouche. Maman tente de remonter le gratte-ciel mais quand il se met debout, c'est toujours tête en bas, soulevant piteusement la boîte et en réclamant le couvercle. Il veut le remettre par-dessus le film plastique. Maman lui rappelle qu'il l'a déchiré en retirant les scotchs. Il le veut quand même. « Trouve-le et puis c'est tout. » Maman lui demande s'il ne préfère pas qu'elle s'en occupe. Qu'il dise seulement où il les a achetés et elle va les rapporter, expliquer qu'on n'est pas aptes à avoir des oiseaux. Elle a dit « pris ». Elle a dit « où tu les as pris ».

Il relève la tête, taureau furieux, yeux fous. Je m'extrais de mon embrasure. « Je les ai achetés, je les ai achetés pour ta fille, afin qu'elle ait des animaux que tu n'as pas à sortir. Je les ai achetés au lieu de manger le midi ! » Maman a ses Kapla du visage qui se désintègrent. Elle a vu comme moi la chauve-souris du mur qui fait un mètre d'envergure et vole à présent au-dessus de nos têtes et dans notre salon. Il enfile son manteau, prend un sac plastique pour recouvrir la boîte. Maman tente de le calmer, elle minimise. « Tu reviens dîner ? Je nous prépare quelque chose ? Il y a un James Bond à la télé ce soir, je ne l'ai pas vu, ça te dit ? »

Il ne répond rien. Je lui emboîte le pas jusque dans l'entrée. Et puis soudain il fait volte-face et me demande de venir avec lui dans la chambre de maman. Il ouvre la fenêtre. Maman comprend avant moi ce qu'il va faire, alors elle tente de l'en dissuader. « Là, c'est une mauvaise idée. Ce genre de perruches ne supportent pas la liberté, c'est n'importe quoi, il faut les rapporter à l'animalerie, donne-moi la boîte, je le fais. » Elle s'approche pour saisir la boîte mais d'un regard il arrête son bras, net. À moi, il demande de tenir la boîte dont il retire le film. Il attrape l'un des oiseaux mais il le fait mal, sans serrer les ailes contre le corps. C'est son visage que je regarde quand je ne veux pas regarder l'oiseau. L'oiseau se débat et une de ses ailes se met à pendre contre sa patte. Il le lance dehors, comme s'il allait déployer ses ailes et s'élancer. Je suis même prête à entendre le conte qui va avec, prête à l'aider à l'inventer pour aider maman à arranger l'ambiance. Mais l'oiseau, comme un petit sac, tombe droit sur le trottoir. Trois étages, et le sol. Je me penche et je vois sa tache sombre, immobile. Il passe au deuxième. Celui qui a la patte abîmée. Je crie : « Non, ne le lance pas ! » Alors il le repose dans la boîte. Il regarde maman, les yeux hagards, il bouge la tête de droite à gauche et il lui dit : « Mais comment as-tu pu faire ça ? Est-ce que tu te rends compte ? »

C'est la première fois que je défends maman à l'extérieur de moi. Je crie : « Non, c'est toi, c'est toi qui as lancé l'oiseau ! Et il est mort ! Tu as tué l'oiseau ! C'est pas maman ! » Je me jette contre elle qui lui répète à présent de partir, qu'elle va s'occuper du deuxième. « Ça suffit », siffle-t-elle entre ses dents. Maman s'accroupit pour ramasser la boîte. Il veut l'en empêcher mais j'attrape le plaid qui recouvre le lit de maman et le lui balance dans la figure. Il me regarde. Il fait dix mètres de haut. Immense gratte-ciel. Maman et moi comme des Kapla multicolores qui ne sont plus que des confettis. Noirs, sous l'ombre de la chauve-souris. Il me terrorise.

XXII

Nala et Patou sont à Paris pour le mois de décembre. Ils dorment chez Viviane, la sœur de Nala. Ils m'attendent tous les jours à la sortie de l'école puis ils dînent avec nous. Mercredi, on va au théâtre, juste Nala et moi. Je lui raconte notre petite vie en buvant un chocolat chaud dans le meilleur café de Paris. Le nôtre. Tout près de l'impasse sombre où habite Viviane. Le seul endroit où, à cette époque, le sombre est joyeux. Je me fais la réflexion qu'il est étonnant de ne pas le voir apparaître. Mais c'est Viviane qui nous rejoint. Ça me fait chaud de voir quelqu'un arriver dans un café avec le sourire, les bras ouverts. Pas la gueule descendue, nez au pied, bras ballants. Elle est bavarde. Elle veut toujours savoir des choses sur maman. Quand je grandis, je me demande si ce n'est pas plutôt Nala qui lui prépare toutes les questions avant. Elles s'inquiètent. Est-ce que maman ne travaille pas trop, est-ce qu'elle se repose parfois, est-ce qu'elle voit des amis, est-ce qu'elle sort. Je réponds que son copain est très gentil et que tout est vraiment super quand on fait des pique-niques ensemble. Dès que je le raconte, je le pense. J'évoque Esther, ma demi-sœur, qui m'a offert des images Panini de Star Wars sans même me connaître encore. Nala précise à Viviane que ça n'a pas l'air simple entre maman et lui. À moi, elle confie qu'elle espère quand même le rencontrer à la veillée de Noël. Est-ce que je sais s'il viendra ? On réveillonne chez Viviane comme chaque année. Tous ensemble.

Les vacances scolaires débutent et je suis invitée à dormir chez Viviane. Maman ne reste pas dîner en me déposant, parce qu'elle a rendez-vous avec ses deux meilleures copines. Elles vont faire la bringue. Nala dit « Bravo ». Patou dit « Attention ». Maman dit « bringue » et ça ne lui ressemble pas du tout. Donc maman ment. Je pense qu'elle le retrouve, surtout qu'elle porte la robe noire que je déteste. Un jour, devant moi, il lui a dit : « Tu me rends fou, merci. Enfin une robe que ton corps mérite. » Je n'ai pas moufté, afin qu'il ne m'explique surtout pas ce qu'est une robe sur un corps qui la mérite. Il n'a donc rien dit, mais je l'ai pourtant entendu, exactement comme s'il me parlait pour de vrai : « Il est important que tu saches que le corps de ta mère, je le tords comme je tords les ailes des oiseaux. Je le frappe. Mais elle est contente. Ça la sauve. De l'ennui, de l'enfermement. Ça la réveille. Comme l'oiseau sur le mur de la chambre de ta maman, après des heures de lutte pour qu'il sorte par la fenêtre, tu te souviens ? Quand il y parvient enfin, après un petit coup de parapluie dans le dos. L'oiseau qui s'évapore d'épuisement et sûrement de joie quand il sort par la fenêtre et que libre, enfin libre, après quelques battements d'ailes, il se tue. »

Depuis l'affaire des oiseaux, il ne vient plus chez nous. Ils ont rompu je pense. Maman, en tout cas. Puis elle a accepté des explications. Un soir, au retour de l'école, je vois un bouquet de jonquilles Narcisse dans le hall, posé devant la porte. D'ailleurs, maman me prévient que tout rentrera dans l'ordre bientôt. Il y a quand même eu l'affaire des oiseaux. C'était grave ou pas ? C'est moi qui l'invente ?

Elle ne comprend pas mes questions. Il a reconnu ses torts et c'est ce qu'elle souhaitait. Il faut savoir comprendre, écouter, pardonner. « Mais il a quand même tué deux oiseaux, tu te rappelles, maman ? Ce n'est pas nous au moins, maman ? » Elle me répond qu'il ne les a pas tués. L'énervement a échauffé nos esprits. À tous. Nous nous sommes comportés bêtement. Ces oiseaux n'avaient rien à faire là. Les oiseaux ont paniqué eux aussi. Nous aurions dû, en effet, comme elle l'avait dit, rapporter la boîte au marchand. Mais il a voulu bien faire, vis-à-vis de moi surtout. Par peur de me priver brutalement de mon cadeau. Oui, c'est ça. Il a voulu redonner leur liberté aux animaux. Qu'il me reste quelque chose de ces deux oiseaux, de ce cadeau raté. Un message fort. Une image. Il a échoué, certes. Mais il faut parfois revenir aux bonnes intentions de départ. « Toi qui l'as tapé avec le plaid, oserais-tu prétendre que tu l'as fait exprès ? »

Quand maman est à la besogne de leur couple, je sais que je ne peux plus intervenir. Elle redevient lui jusque dans son parfum. Cologne perturbée, elle vient rôder dans mon cou, comme lui sous nos fenêtres, mais je refuse ses baisers.

XXIII

La nuit où je dors chez Viviane, au début des vacances, Patou fait un malaise. Le Samu l'emmène à l'hôpital. On lui découvre une faiblesse cardiaque. Viviane me garde et Nala part avec lui. Elle appelle maman qui la rejoint. Je sais que c'est là que Nala le rencontre pour la première fois. Il ne s'adresse qu'à maman. Je l'apprends plus tard, quand j'entends Nala le raconter à Viviane à voix basse. Pas un mot pour elle. Ce grossier personnage qui ne s'intéresse qu'à une chose, poser sa veste sur les épaules de maman qui tremble, la serrer contre lui, l'embrasser sur la bouche – y a des endroits pour ça ! – et la ramener chez elle, sans doute avec lui. Devant l'hôpital, Nala refuse que maman la raccompagne, elle prend un taxi pour rentrer chez Viviane puisqu'on lui refuse le droit de rester au chevet de Patou. Elle reviendra le chercher le lendemain. Maman lui promet d'y être aussi. Elles disent « Neuf heures devant la grande entrée ». Maman n'y sera pas.

Elles se quittent sur le trottoir de l'hôpital, elles se serrent dans les bras, mais il tire maman qui risque fort de prendre froid dans sa petite robe noire, si peu couverte. Il la tire sans un mot pour Nala, à part « Bonsoir ».

Un bonsoir froid et sec dont Nala parle ensuite à Viviane – « Bonsoir qui ! » –, parce qu'il lui a glacé le sang. Mais moins que la vision de sa fille fil de fer qui marche à grand-peine sur des talons trop hauts à côté d'un homme à la fois rectangulaire et flasque, cet homme qui, quand elle se retourne pour faire au revoir de la main à sa maman qui s'éloigne dans le taxi, lui dit : « Tu dois grandir un peu, c'est le moment, tes parents ne seront pas éternels, et tu en as la preuve ce soir. » Cette espèce de maman aux yeux rouges qui lui répond : « Tu as vu comme elle est mignonne ma mère ? » Et sa réponse à lui qui ne rit jamais pourtant, mais là oui, un sourire bref comme un hoquet.

Quand Patou mourra, plus tard, et que maman hurlera de peine, il refusera les bras qu'elle lui tend en disant : « Je ne peux pas t'aider car je ne connais pas cette douleur, donc je ne peux pas la comprendre. » C'est moi qui, de retour de l'école, prendrai maman dans mes bras, jusqu'à ce qu'elle cesse de me demander pardon et qu'il m'annonce que je n'ai plus de Patou.

Quand je reviens de chez Viviane le samedi matin, il y a un beau livre sur les avions pour moi. On dit aéronautique. C'est étrange que je ne le sache pas. À presque huit ans. Avec maman, je m'extasie. Je crois bien que je n'en ai rien à cirer des avions mais quand il m'apprend des choses, je les répète ensuite à Patou, et les avions, ça va lui plaire. On doit retourner le voir demain, à présent qu'il est rentré de l'hôpital. Le samedi midi, à la maison, c'est comme s'il n'y avait eu ni oiseaux, ni infarctus, ni Nala ignorée sur un bout de trottoir. J'oublie ce que j'ai entendu le matin, dans la cuisine de Viviane. « Il a des yeux de fou », a dit Nala, certaine qu'il est méchant. Mais comment en parler à maman ? J'oublie. Je sais que Patou est rentré et que son malaise, lui, n'était pas méchant. Maman ne dit rien sur sa soirée. Juste qu'on a eu peur pour Patou mais que tout va rentrer dans l'ordre. « Est-ce qu'il sera en pleine forme pour le réveillon de Noël ? » Maman acquiesce. Mais soudain, c'est comme si j'avais injecté l'idée dans sa tête. Elle pâlit. Noël, c'est dans cinq jours. A-t-elle bien fait de se réconcilier avec lui maintenant ? N'aurait-elle pas dû attendre la fin des festivités, elle qui devine comme moi qu'il va vouloir s'incruster ?

Quand il arrive à la maison, en début d'après-midi, je sais très bien qu'il était là le matin. Juste sorti le temps que je rentre, à la demande de maman qui sait très bien pour les oiseaux. La seule chose qui m'intéresse, c'est Noël. Le sapin qu'on ira chercher avec Patou dès qu'il sera sur pied. Les décorations qu'on installera avec Nala et Viviane en mangeant du panettone et de la gelée de thé. La bougie au pain d'épices. Les chants de Noël. Patou qui écoute la radio trop fort. Nala qui baisse. Viviane qui raconte quand elles étaient jeunes, Nala et elle. Et Patou qui dit que rien n'a changé. Maman, assise par terre avec moi, qui répare les boules cassées pour que rien ne change, en effet, par rapport au Noël d'avant. Si chaque boule est à sa place, Patou restera en bonne santé.

Alors j'en parle. Juste après le livre sur les avions et le cours de vocabulaire sur l'aéronautique. Je raconte que Patou va très bien et qu'on va pouvoir fêter Noël comme d'habitude. « Et c'est comment, d'habitude ? »

me demande-t-il. Il a envie que je lui raconte. Maman, à la besogne, écoute mon récit mais ne s'approche pas de nous. Il demande qui sera là, si on ouvre les cadeaux le soir ou si on dort là-bas pour les ouvrir plutôt le matin. Il me parle d'Esther qui les ouvrait le matin. Il lui a offert une poupée qui pleure, un vrai train électrique, avec tout le village en maisonnettes. « Et toi, que veux-tu pour Noël ? » Je ne me souviens plus de la liste que je lui dresse. Il a l'air de la noter dans sa tête. Maman, toute à la sérénité de sa besogne, note elle aussi sans doute. Et puis, au bout d'un moment, il propose que nous sortions faire un tour. Mais moi, je n'ai pas fini. « Demain, on ira voir Patou ! dis-je. — Demain ? Ah mais c'est tous les jours alors ? » me répond-il. Et maman tourne les yeux ailleurs, toujours ailleurs, pour ne pas, ici et maintenant, le voir et lui dire ce qu'elle lui dira un peu plus tard, la bouche écorchée, les dents comme des Kapla tremblants : « T'es un parasite, dégage. » En réponse à sa question, j'en pose une autre : « Et toi, tu fais quoi pour Noël ? Tu vas voir Esther ? »

Maman ferme la porte de l'appartement derrière nous. J'appelle l'ascenseur, les laissant à leur silence qu'il interrompt aussitôt : « Réponds à ta fille quand même. Un enfant qui pose une question est un enfant qui a besoin d'une réponse : je fais quoi à Noël ? »

XXIV

Pendant longtemps, on ne va plus chez Nala et Patou alors que normalement on y part aux petites vacances. Parfois juste un week-end. Ça permet de tenir jusqu'à l'été. Mais là, rien. Maman reporte sans cesse notre voyage. À chaque fois qu'elle émet l'hypothèse d'une date, il regarde son agenda pour vérifier qu'il pourra nous accompagner. Il tique. Il pose des conditions. Il faudrait partir le vendredi soir tard. On arriverait après le dîner. Rentrer le dimanche matin. Elle lui a pourtant expliqué que nous partirions seules, elle et moi. Mais il s'interpose. Alors elle lui explique, encore une fois. « Ma fille et moi. » Elle y tient. Et elle tient. Malgré son insistance. Comme à Noël. Elle tient tant qu'elle tient. Juste deux jours. En fait, elle n'est pas capable de le laisser deux jours. Mais ça, je ne le comprends pas à l'époque. Qu'elle n'a pas de raison. Mais qu'elle n'y arrive pas. C'est sa faiblesse. Lui. Il n'est que ça.

« On se fiche de son emploi du temps puisqu'il ne vient pas ! » Un jour, je me fâche et je le dis carrément à maman. J'ai trop envie de voir Patou et Nala. Mais maman me demande de la laisser s'occuper de ça et de me mêler de ce qui me regarde. Sauf que j'ai huit ans. Alors j'aimerais qu'on ne me prenne pas pour un bébé. Lui, au moins, me considère. D'ailleurs, il dit de plus en plus à maman qu'elle me fait trop de câlins, trop de baisers. Un matin, alors que je suis sur ses genoux et qu'il s'amuse à fabriquer une pyramide avec des sucres, elle lui avoue, son nez dans mon cou, qu'elle est accro à mon odeur. Le sourire qu'on lui décroche, toutes les deux, pour l'émouvoir ! Il répond « Beurk ». Elle trouve ça trop violent. Fermée, mutique quand il la cuisine pour savoir à quoi est dû ce visage tourmenté, elle lâche qu'elle a le droit de ressentir ce qu'elle ressent. « C'est bon, j'embrasse ma fille, et si ça te fait mal aux yeux, regarde tes sucres ! » Après, elle pouffe. Moi aussi du coup.

Il se lève brusquement, comme pour partir, mais choisit finalement de rester et d'expliquer son beurk. Des heures à railler l'amour toxique des mères qui font du mal en croyant faire du bien. Des mères qui prennent le corps de leur fille pour la prolongation du leur. Des mères qui confondent l'amour et le réflexe. Des mères qui procèdent à l'instinct au lieu de penser. Penser, quelque chose qui lui manque cruellement, à elle. Je l'ai pensé, moi aussi, avec les années. Il m'arrive de le penser encore quand je la vois boucler l'appartement, le soir, volet après volet, verrou après verrou, rêver devant les catalogues d'alarmes, et se coucher toutes lumières allumées pour être la première à le voir s'il arrivait.

Il était là pour le goûter d'anniversaire de mes huit ans. Il m'a offert des chaussures de princesse à paillettes de la part d'Esther. Elle n'est pas venue au goûter, alors qu'il avait dit qu'il l'amènerait. « Mais tu la revois ? » lui ai-je demandé. Il m'a répondu : « Un peu, de temps en temps. » Toujours plein de mystères dont maman dira bientôt « Des mensonges, pas des mystères, un tissu de mensonges ! Crevard ! Voleur ! Mytho ! ». Et le jour de ces insultes-là, j'ai essayé de me mêler de ce qui me regardait, mais ce qui me regardait, c'était lui. Lui et ses yeux-trous. Debout sous l'avalanche des Kapla à boucles et à déliés de maman. De toute façon, à partir de Noël, ça a été la descente aux enfers. Il ne s'en est jamais remis que maman ne l'ait pas invité.

Le soir de Noël, il est resté seul chez nous pendant qu'on réveillonnait chez Viviane. Il était assis dans la cuisine quand nous l'avons laissé, maman et moi. Maman portait un gros sac plein de cadeaux. Il l'a regardée de la tête aux pieds, sans commentaire, ni pour moi qui avais pourtant un serre-tête en fourrure rose avec des bois de renne. À force d'entendre maman lui promettre qu'on ne rentrerait pas tard, il a dit « Amusez-vous bien ». Maman a essayé d'être légère mais elle avait déjà essayé tellement de fois, tout l'après-midi, dans le salon, lui sortant des DVD qui pourraient lui plaire, que ça sonnait de plus en plus faux. Il affichait le sourire de son ami imaginaire. Je n'ai pas entendu les conversations entre eux au sujet de ce Noël, mais on ne m'enlèvera pas de l'idée qu'elles ont duré quatre jours. À tel point que le quatrième, maman, exténuée par toutes ces nuits entrecoupées d'appels, a oublié de se réveiller le matin et a manqué le travail.

Mais ma mère a tenu bon. Et on est allées seules fêter Noël chez Viviane. Je n'avais pas envie qu'il vienne avec nous, même si j'ai dit le contraire. Juste pour voir. J'avais besoin de temps, après l'histoire des urgences, pour le réhabiliter aux yeux de la famille. Puis j'ai compris qu'il resterait tout seul à nous attendre à la maison pour un deuxième Noël qu'elle avait négocié avec lui. Deux veillées. J'étais contente. Parce qu'à sept ans et demi, on n'a pas le sens de l'heure qui passe. On ne sait pas à l'avance la frustration que ça va être, quand maman dira, après s'être cramponnée à son portable toute la soirée, qu'il est déjà temps de rentrer. Alors que certains cadeaux sont encore emballés. Alors que Viviane n'a pas encore servi le jus de fruit qu'elle sert chaque année un peu plus tard, à présent que tout le monde sait pourquoi elle le fait. C'est une tradition : « Après le jus de fruits, on commence à avoir le droit de partir alors j'aime mieux oublier de le servir ! »

Viviane en remplit deux bouteilles. Elle l'a pressé exprès pour nous. On adore ça. Ananas pour moi. Ananas-gingembre pour maman. Je n'ai pas envie d'être du côté de maman qui a déjà son manteau sur le dos, ses cadeaux dans des sacs, mêlés aux miens. Où est mon coffre à bijoux ? Je veux qu'elle le ressorte. Elle répond qu'on triera tout ça à la maison. Je demande qu'on ne rentre pas, qu'on dorme plutôt sous l'arbre, comme on l'a souvent fait quand j'étais petite. Toutes les deux sur le tapis dans une grosse couette, sous le sapin qui clignotait. Et la tête de Patou penchée sur nous le matin comme si on était des paquets magnifiques, tirant sur mes boucles pour les faire remonter comme du bolduc doré par ses yeux lumineux.

XXV

Il est vingt-trois heures. On part. Le temps de rentrer il sera presque minuit, et on commencera notre deuxième réveillon. Nala n'ose rien dire. Patou non plus. Maman est trop volubile pour avoir l'air honnête. Moi, je veux revenir déjeuner demain. C'est Noël aussi le 25 décembre normalement. Mais maman a prévenu que non. De toute façon, ils viennent me garder le 26 puisque maman travaille. J'ai envie de rester chez Viviane, avec Nala et Patou. Ça m'arrache le cœur comme les fins des vacances, quand on repart de chez eux et que la voiture démarre. Mais maman me pousse plus radicalement vers la porte. Et puis soudain Nala s'énerve, lui dit : « Oh écoute, laisse-la-nous, tu viendras la rechercher demain ! » Je me jette sur Nala : « Oui, super, je reste là ! » Mais maman m'emmène quand même. Il doit être vingt-trois heures quatre, son portable vibre dans sa poche, elle ne peut pas dire à Nala et Patou qu'on a un deuxième réveillon et que c'est pour cette raison qu'on les plante là, comme des cloches. « C'est ça, on reviendra à Pâques ! » Dans la voiture, je pleure. Maman me console patiemment. Elle sait très bien qu'elle fait mal. Elle me parle de lundi, quand ils vont venir passer la journée avec moi. Puis elle me parle de lui. « Tu te rends compte ? Il a réveillonné tout seul le pauvre. Ce n'est pas charitable de laisser les gens seuls le soir de Noël. » Et là, elle me fait un cours sur Noël, qui n'est pas que les cadeaux, ce sont les attentions à l'autre aussi. « On avait qu'à l'amener ! » lui dis-je. Mais je ne le pense toujours pas.

Je pense comme elle qu'il n'est pas présentable. J'ai vu comment il agit quand il n'est pas content. Par exemple, quand une collègue de maman a déposé des affaires l'autre jour. Après l'avoir saluée froidement, il est parti faire autre chose. Regarder son téléphone, enfoncé dans le canapé. Après, maman lui a fait remarquer qu'il aurait pu, « Je ne sais pas, s'intéresser un peu à la conversation », mais il l'a reprise aussitôt : « Tu ne sais pas ? C'est-à-dire ? Tu ne sais pas quoi ? Tu dis que tu ne sais pas ? Est-ce que tu sais combien il est désagréable pour moi d'avoir l'impression qu'on me jauge ? »

Quand on rentre à la maison, il est toujours assis de dos dans la cuisine. Cubique dans le décor comme un bloc de foie gras froid. Aujourd'hui, je me dis qu'il a dû faire des selfies pour calculer l'effet qu'il nous ferait, si brutalement assis, lourd, de dos. Pourtant il a bien dû bouger puisqu'il a déposé sous le sapin du salon un paquet pour maman et un paquet pour moi. Maman s'empresse de déposer à son tour des paquets pour lui. Si je crois encore au Père Noël, c'est raté. « J'ai mis du champagne au frais pour toi », dit-il à maman, sans un sourire, la voix basse. Il tient à la main une seule coupe vide qu'il lui tend. En retour, elle sort le jus de fruit de Viviane. « Pour toi ! » Il le refuse. Le gingembre ; son cœur fragile, son estomac qui fait des bulles. Maman, en revanche, n'ose pas refuser le champagne qu'il a ouvert. Elle boit seule pendant que je m'excite sur mes stickers géants à coller sur les vitres. Et ça recommence. Maman le remercie énergiquement, comme elle n'a pas remercié Nala et Patou pour nos cadeaux, trop concentrée sur les vibrations de son téléphone. Maman déballe son cadeau. C'est une affiche encadrée. Un rocker dont la guitare électrique est recouverte de brillants bleus. Elle n'a jamais écouté de rock. Lui, en revanche, a l'air heureux de ce cadeau. Il lui dit de le revendre si elle ne l'aime pas. Elle croit qu'il plaisante alors elle rit. En fait, elle sait qu'il ne plaisante pas. Il insiste sur l'encadrement. Un travail de spécialiste.

Ce tableau change ensuite de pièce pendant les quelques mois que dure encore leur histoire. Il est posé en évidence dans le salon quand il vient. Elle le cache dès qu'il s'en va. Mais comme elle ne veut pas que je m'en rende compte, il lui arrive de le bouger n'importe comment dans la maison, pour m'habituer à ne jamais le voir là où je l'attends. Dans la salle de bains, dans sa chambre, dans l'entrée, dans le cagibi. Il n'y a que ma chambre qu'elle épargne. Parfois, le plus souvent, elle l'allonge sous le canapé. Alors qu'elle termine seule le demi-champagne éventé de Noël, elle me lance qu'elle a peur de cauchemarder avec ça sur le mur. On est mortes de rire. Après ça passe. Il revient, elle est belle, il est puissant, on rit tous les trois, il oblige maman à se reposer, il s'occupe de moi, il achète du déodorant et des riz au lait, on lui fait croire qu'on a adoré la plombières, et le rocker rejoint le mur.

À cause du bonheur revenu, je lui demande pourquoi elle ne l'invite pas chez Nala et Patou. Peut-être que si on l'intègre vraiment à la famille, il va se sentir plus à l'aise. Parce qu'elle a envie d'être seule avec moi, au bord de la mer, dans notre chambre fleurie, comme d'habitude. « Comme si on fuguait ! me lance-t-elle gaiement.

— Alors on pourra prendre notre bain toutes les deux là-bas ?

— Oui », me promet-elle en baissant la voix, même quand il n'est pas là, afin qu'il n'entende pas notre projet secret.

XXVI

Pendant les vacances de février, je pars à la montagne avec Inès, et lui, il tient promesse : il emmène maman quelque part. Un endroit surprise. Grand sourire de celui qui n'a pas les deux pieds dans le même sabot et qui sait de quoi maman a besoin. Qu'on la soulage. Il a projeté l'Italie, Florence, Pérouse, Venise, et puis Tanger, Casablanca, pourquoi pas les Émirats ou l'île de Pâques. Il écrit des périples sur des feuilles que je ramasse dans la corbeille à papier et déplie pour en faire des cocottes. Ce sera l'Albanie. Cinq jours. « Deux, si on ne compte pas le voyage », plaisantent quatre smileys en larmes qui suivent le message que maman a écrit de là-bas à son amie Claude.

Au retour du ski, j'emprunte le téléphone de maman pour écouter des chansons et je tombe sur ses sms. À ses amies, elle envoie des photos de son voyage, mais surtout des messages. « On a fait vingt-sept heures de trajet. » « On n'est pas sortis dîner. Il a piqué les cacahuètes de l'avion. Il vient de me les lancer. » Smiley qui vomit. « Il menace de se défenestrer si je maintiens mes vacances d'été seule avec ma fille. Ouf, la maison d'hôte n'a pas de fenêtre ! » Smiley horrifié. « Je t'écris de la salle de bains. » Smiley qui prend une douche. « Si j'arrête d'écrire, ne t'inquiète pas, c'est qu'il arrive. » Smiley bouche cousue. « C'est une salle de bains commune. » Smiley tout vert. Smiley qui pleure de rire. Elle dit qu'il fait une grosse crise très bizarre. Mais qu'elle sait comment s'y prendre dans ces cas-là. Attendre que la tempête passe. Faire le dos rond jusqu'à ce que son ami imaginaire change d'hôtel. « D'ailleurs, je vais peut-être suivre l'autre, plaisante-t-elle, et atterrir dans un quatre-étoiles ! » Dans un autre message, elle l'entend gratter à la porte de la salle de bains. Supplier. « S'il te plaît. Ouvre-moi. Je veux te parler. Une dernière fois. Écoute-moi, je t'en prie. » Je ne sais plus si je l'ai lu dans ses messages ou entendu, plus tard, derrière une porte contre laquelle je me trouvais. Sa copine cite une chanson ringarde. Maman dit qu'un gros cafard court dans la douche alors qu'elle va peut-être finir par lui ouvrir. Entre les deux, elle préfère celui qui n'a que deux pattes.

Un autre sms, d'une autre copine, lui ordonne : « Barre-toi, ça suffit maintenant, il est taré, rentre à Paris immédiatement, tu me fais peur. » Maman ne lui répond rien. À une autre enfin, elle envoie un résumé du voyage, au retour. « Le paradis, tout, archi tout, à part une mise en place un peu difficile. Je te raconterai. Mais c'est oublié. C'était extraordinaire. » Photo : paysage de crique et mer translucide. « Paradis. Il m'a traitée comme une reine. »

Au retour de leur voyage et de mes vacances, elle me raconte l'Albanie comme si elle y avait passé trois ans. Ils ont tout visité. Elle m'a rapporté une trousse en forme de crayon géant avec un drapeau dessiné dessus. Il est plus attentionné que jamais avec elle. Maman n'a plus le droit d'étendre le linge, ni de passer l'aspirateur, ni de faire la vaisselle. Il décrète qu'il prend en charge les tâches ménagères en échange du bien-être qu'elle lui offre. Grâce à elle, il revit, se qualifiant lui-même d'ex-mort-vivant. « Ta mère m'a sauvé la vie », m'explique-t-il. Il a le teint hâlé, il se déplace avec légèreté. Il est chez nous de plus en plus souvent. On a oublié tous les problèmes. Son ami imaginaire a complètement disparu. Il est resté en Albanie. Maman a même organisé un dîner avec les amis de son ancienne banque pour le présenter à tout le monde. Ils l'ont trouvé sympathique. Sauf Fanny, qui sent chez lui un truc bizarre. J'entends maman calmer ses craintes au téléphone : cette fois, c'est bon, elle n'a plus de doute. C'est maintenant que ça commence. Il avait juste besoin d'être rassuré. Il cherche du travail. Maman le dit très motivé et bourré d'idées. On dirait qu'elle parle d'un jeune étudiant prêt à monter sa start-up. Il a eu quatre entretiens dans la semaine. Maman lui a payé ses dernières factures mais il va la rembourser le mois prochain. Elle s'en fiche de toute façon. Elle sait qu'il va assurer. Elle lui fait totalement confiance. Ce n'est pas le genre d'homme qui.

Il est là tout le temps. Le matin, quand je pars à l'école. Le soir, quand j'en reviens. Maman peut rentrer plus tard du bureau grâce à lui. Il s'occupe très bien de moi. Quand on est tous les deux, il est patient, gentil. Il me demande si j'ai goûté, si j'ai besoin de son aide pour mes devoirs, si je veux jouer aux échecs. Il m'apprend. Quand maman rentre, il lui pose mille questions sur sa journée. Il la conseille sur un changement de voie. De plus en plus souvent, elle parle de son envie de se mettre à son compte pour travailler à la maison. Il la soutient, il l'encourage. Dès qu'il aura un travail stable, elle pourra se lancer. Et puis ils n'arrivent plus à passer une journée entière séparés. Le mercredi, il nous suit d'activité en activité, au moins pour l'apercevoir. Quand il sent qu'il va pouvoir rester dîner, son gros corps compact se libère, il respire. Quand elle est au bureau, il l'attend au café d'en bas.

Durant des semaines, il sourit quoi qu'il se passe, au marché, dans le bus. Ce n'est pas un sourire. C'est la grâce. Maman perd totalement cet air *à la besogne*. Elle s'amuse, elle prend plaisir à tout. Il donne son avis sur les nouveaux rideaux du salon. Il me demande le mien puisque les rideaux servent à réinventer mes jeux de château. Quand il s'absente pour rentrer chez lui, maman s'affaire pour ne pas avoir à subir son absence. Quand il revient deux heures plus tard, je ne me demande plus s'il sera accompagné de son ami imaginaire ou pas. Il a été naturalisé albanais, c'est certain.

Cet été, c'est décidé, on ira chez Nala et Patou toutes les deux puis il nous y rejoindra pour un tour de Normandie de deux semaines. Il cherche des lieux atypiques pour dormir, même une roulotte si ça se trouve. Ou une cabane dans les arbres. Il étudie les circuits, toujours en bord de plage. On va fabriquer un cerf-volant pour le faire voler là-bas.

Le tableau du rocker ne bouge plus du mur du salon. Maman remplit l'horrible coupe à fruits posée dessous de pommes et d'encens comme pour honorer un bouddha.

C'est joyeux à la maison. Il insiste pour qu'elle lâche son travail. Il trouve que son chef plaisante trop avec elle. Quel chef sérieux envoie des sms à vingt et une heures avec des blagues ? « Il te drague », lui dit-il. Elle s'en défend mais sans peur qu'il s'agace puisqu'il ne s'agace plus jamais. Je vois le visage de maman s'illuminer de joie à l'idée qu'il ne fasse plus de crise de jalousie. Elle le trouve solide. Il a raison. « Il est tellement au-dessus de la moyenne si tu savais », écrit-elle à Fanny pour qu'elle cesse de la mettre en garde. « Et il te doit combien ? » lui répond-elle. À 10 000, maman coupe les ponts avec elle.

Maman finit par demander davantage de télétravail afin de rester à la maison. Il passe des heures assis sur le canapé à la regarder travailler. Elle déplace la table face au mur. Souvent, il pose ses deux mains sur ses épaules, comme pour l'alléger du poids qui les lui fait remonter. Et elle sursaute parce qu'il s'approche trop doucement.

XXVII

Au bout de quelques jours ou semaines, il insiste pour que j'aille à l'école toute seule afin que maman se lève moins tôt. C'est comme une lubie. Désormais, il décide de l'état de maman. Il peut dire des phrases comme « Tu es en forme aujourd'hui » ou même « Tu es barbouillée ce matin ». Ma mère est comme sa Patarev, mais humaine. Et à un moment, il décide de la trouver de plus en plus fatiguée. Alors il lui accroche de la pâte à modeler verte ou mauve sous les yeux. La fatigue lui marque le visage et la rend nerveuse. Il la commente. Il la décide. « Tu as un problème au bureau. Ton chef n'a pas aimé ta dernière présentation. » La fatigue qu'il lui attribue modifie jusqu'à la forme de ses pantalons. « Il te fait un gros cul, ce jean », lui lance-t-il un matin. Elle ne l'a jamais entendu lui parler ainsi. Son ami imaginaire a dû se faire expulser d'Albanie et rentrer en France.

Elle le fait répéter. Il répète. Alors il faut la voir défendre son pantalon. D'habitude, c'est pourtant celui qu'il préfère. Elle le porte essentiellement pour lui faire plaisir. Elle explique qu'elle a dû le laver trop fort, que le tissu va se relâcher. Mais non. Il insiste. Il détaille. Il conclut : « Ce n'est pas la peine de te défendre. Je n'ai jamais critiqué tes tenues mais aujourd'hui, je te dis que ce jean n'est pas flatteur et te fait d'énormes fesses. Je ne dis pas que tu as des énormes fesses. Ce jean t'habille mal, c'est tout. » Elle fait comme s'il lui parlait albanais et qu'elle ne comprenait pas. Il prend une photo pour lui prouver comme le jean est moche. Il zoome pour lui montrer précisément l'endroit qui pèche. Large et plat. Elle continue à s'interroger. Est-ce qu'elle n'aurait pas choisi le mauvais pull, en haut ? Il la somme d'arrêter ses simagrées. « Écoute, si tu ne veux pas me croire, garde ce jean. Mais il te fait vraiment un énorme cul. » L'Albanais s'assoit. Le corps ramassé vers ses genoux, sciant son canon pour pouvoir rétorquer à la prochaine fusillade. Avant de recommencer sur le jean. « Et puis d'ailleurs, tu ne sens pas que ton corps étouffe dans ces tissus épais et froids ? Tu n'as jamais l'idée de mettre une robe ? Est-ce que tu te demandes ce que je ressens, assis là, quand je regarde ton corps mourir ? »

Elle l'enlève.

Mais elle le réessaie. Un jour où il n'est pas là. Elle me demande si je le trouve bien. Je lui dis qu'il est comme d'habitude. Sauf qu'elle a tellement maigri qu'elle flotte dedans. Je parle du jean. Elle croit que je parle de lui. Elle me fait répéter. Elle commence déjà à ne plus faire la différence entre ce qu'il est, lui, et tout ce qu'il n'est pas.

Et puis elle a peur pour son travail. À distance, c'est finalement moins évident. Je dois absolument l'aider, il a raison, participer au bien-être de ma mère en me faisant la plus discrète possible. J'ai l'âge de devenir moins égoïste. Maman n'est pas un pion. Et lui ne peut pas la soutenir seul. « Tu l'aimes, ta maman ? me demande-t-il quand elle s'absente. Tu n'as pas envie qu'elle tombe malade, n'est-ce pas ? »

Il propose de s'installer chez nous complètement. Elle tique mais il lui colle de la Patarev noire dans le gosier. Le son ne sort plus. Il lui dessine un sourire rouge. Et même un bouton d'herpès au coin de la lèvre. Elle panique. Il tord le nez en expliquant qu'il déteste les réactions corporelles. Il veut acheter des désinfectants mais sa carte bleue refuse. Il se rabat sur l'alcool à 70. Plusieurs fois par jour, il tend à maman un coton imbibé d'alcool pour qu'elle se désinfecte. Il a aussi remarqué un ou deux boutons dans son dos, comme des grains de sable. Il dit débusqué. Il consulte internet pour savoir d'où ils proviennent, et surtout comment les éradiquer. De mon côté, pour diminuer le stress, je demande la permission de me rendre seule à l'école. Maman s'oppose à cette idée et continue à se lever le matin, à me préparer mon petit déjeuner, et à m'emmener.

Elle a décidé d'ignorer ses mises en garde et ses comparaisons systématiques avec Esther, un véritable avion de chasse dont le cerveau rempli de connaissances et bien huilé fuse ; Esther, qui a été responsable beaucoup plus tôt que moi parce qu'on lui en a laissé la chance, parce que sa mère, aussi sorcière soit-elle, a eu l'intelligence de lui enseigner la liberté. Maman se lève de plus en plus tôt et lui se couche à ce moment-là. La nuit, il marche de long en large dans le salon. Il ne tient plus en place. Il dit que des idées l'assaillent. Il y en a trop pour les canaliser, alors il les laisse voler dans l'appartement. Ses pensées entrent dans nos rêves et les bousculent. Une nuit, je l'entends chanter des sons. Le lendemain, il se demande s'il ne contient pas Glenn Gould. « Ou au moins une partie », se reprend-il quand maman pouffe, nerveuse, ne croyant pas forcément à une blague mais peut-être à une lubie passagère qu'elle va savoir arracher. Avant de recoudre. Elle cache son rire derrière un coton d'alcool.

Mon bruit ne le dérange pas et jamais maman ne me demande de baisser le son quand j'écoute de la musique le matin. Je ne la trouve pas lourde comme il le prétend mais au contraire de plus en plus vide. À un moment, je me dis qu'elle est comme une Barbie. Si je regardais par les trous de son corps, je ne verrais plus d'organes. Plus tard, je comprends qu'il mange tout l'intérieur de maman. Il devient encore plus double, de plus en plus replet, il profite, il ouvre la fenêtre quand il crève de chaud de vivre si double, alors qu'elle, de son côté, se racornit, tenant sa peau sur ses os comme un manteau de soie trop fin pour le plein hiver qui dure encore, huit ans après. Elle ne porte plus jamais de jean.

Quand on marche le matin vers l'école, elle reprend nos habitudes, nos petits codes secrets faits de chatouilles dans la main, de baisers bien avant l'entrée de l'école, de chansons muettes et de clignements d'yeux. Et surtout, nous étoffons nos projets de voyages et de tours du monde. Dans nos têtes, nous avons déjà parcouru le globe. Malgré nos rêves qui décollent et presque chaque matin, elle ne peut s'empêcher de me demander si je trouve ça bien. Et comme chaque matin, je demande que la question soit posée plus précisément. La vie d'aujourd'hui, la maison avec lui dedans : est-ce que ça me va ? Est-ce que ça me plaît ? Puis, comme pour effacer sa question et ma réponse invariable « C'est vraiment super génial la vie avec lui », elle termine le trajet avec des promesses et des souvenirs où il n'apparaît surtout pas. « Tu te souviens du meilleur jour de notre vie ? – C'est notre câlin dans le train de nuit ! » Elle acquiesce. On est d'accord. On s'embrasse. Tant pis si c'est devant la grille de l'école. De toute façon, les câlins nous sont de plus en plus reprochés. Alors ils nous manquent.

XXVIII

Un jour où il la trouve tendue, il se mure dans le silence. Elle lui a demandé de s'activer afin d'arriver à l'heure à un entretien professionnel. Il est l'heure de l'entretien et il est encore dans la cuisine, face à un septième café. Le nombre des cafés est important dans la dispute puisqu'au moment où il décide de reparler, il reproche à maman de les compter, maugréant qu'il rapportera sept capsules de Nespresso dès que possible, plus sept autres pour les agios. Il explique ensuite à ma mère qu'elle n'a pas compris ce qu'est un couple et que son attitude supérieure vis-à-vis de lui est insupportable. Je sors de table parce que maman me propose d'aller manger mon dessert en jouant dans ma chambre, mais il me rappelle aussitôt. « Il est important que ta fille sache la vérité. La vérité, c'est la vie. » J'écoute comme une leçon d'histoire sa vérité sur le couple. Il passe avant tout. Il est inaltérable. Il demande de l'attention. Il ne demande pas d'effort. Il est naturel. Il est implicite. Il est évident. Il est désir. Il est élan. Il est regard. Il est sous-texte. Mon écoute devient flottante. Il est chiant ! Je pouffe. Maman se retient. Il lui tend un coton désinfectant.

Il continue. Le couple, on ne peut pas lui faire violence. Il est engagement. Il est promesse. Il est par-dessus tout. Mais par-dessous aussi. Il est ce que tu as dans le crâne et selon lui, ce que maman a dans le crâne doit être lui. Et pas ce lui diminué qu'elle a trop tendance à malmener depuis quelques jours. En effet, elle ne supporte plus de voir le creux du canapé à l'endroit de ses fesses immobiles. Et elle le dit. Elle, pendant ce temps-là, s'agite. Même moi, du haut de mes huit ans, je lui dis un jour : « Ça va gros patapouf du canapé ? » Je me trouve très spirituelle. Maman me reprend avec délicatesse. On ne plaisante pas avec les grandes personnes comme on le fait avec ses copains. On doit le respect aux adultes. Il la fusille du regard.

Une vitre monte alors entre lui et moi. Je tente de la rabaisser mais je ne peux pas. Même sur la pointe des pieds. Même en glissant mes doigts en haut pour l'empêcher de remonter tout à fait. Je perds son regard. Maman s'agite encore devant lui. Il lui signale que ses gesticulations n'ont pas lieu d'être, ne le touchent pas. Il lui demande de cesser de tourner ainsi autour de lui. Elle n'a plus de beauté, elle n'est plus une merveille, ni la femme tellement intelligente qui ne le sait pas et à qui, patiemment, il l'apprend. Elle devient pour les semaines à venir la femme qui lui a ordonné de s'activer. Alors que son immobilisme était le signe de sa constance. Plus que jamais albanais, il campe, rectangulaire, massif, au centre de l'appartement, tandis que maman s'affaire. Quand elle lui suggère une petite pause entre eux, quand elle évoque un retour au bureau qui ferait du bien à tout le monde, il la retourne d'un regard. De son perchoir, il arrête quasiment tous ses gestes.

Avant, pour laisser son corps s'exprimer librement, elle avait ses trajets en métro. À cette époque, elle n'a plus rien. Maman a envie de retourner au bureau plus souvent, elle le formule mais ça crée des tensions entre eux. Il s'adresse souvent, à elle aussi, comme de derrière une vitre. Quand on lui parle, ça fait de la buée. Il devient flou. Quand nous sortons dans la rue, les fusils à canons sciés sont partout. Ils le visent lui et ses colères revenues. Ils nous visent nous, qui faisons le dos rond en attendant que ses humeurs passent. Renfrognées, bossues, nous devenons deux sorcières. Mais maman lutte, alors l'ambiance remonte. Quelquefois, il ressemble à l'âne des kermesses auquel l'enfant doit accrocher la crinière ou les oreilles. Je lui scratche un nœud rose sur la tête. Une queue à la place du nez. Quelquefois, je le provoque. Un jour, je rentre dans le bain avec maman.

Je sais qu'il ne pénètre jamais dans la salle de bains quand j'y suis. Pourtant, il entre. Mains devant les yeux, il s'offusque. Mais maman lui demande de sortir et il ne le pardonne jamais. Il passe la soirée à évoquer la fois où je l'ai tapé avec le plaid. En parlant, il tire sur les franges pour le déchirer davantage. Maman l'ignore, me murmure de faire de même, lui suggère d'aller déchirer tout ce qu'il veut, mais dehors. Elle montre la porte du doigt. Il se plaint de sa dureté, il réclame un délai. Elle met un disque. Au son de la musique, son visage commence à se tordre. Ses rides se creusent. Il se passe quelque chose. Entend-il notre musique de l'autre côté du mur de verre ou une autre, un folklore albanais ?

XXIX

Maman lui touche doucement la main, elle le fait redescendre, elle attrape son regard, elle le pêche avec des appâts que je ne connais pas. Il attrape sa joue, ses cheveux. Je tourne les yeux. Mais quand je regarde à nouveau, la vitre est redescendue. Il est là. Rien ne s'est passé. Il écoute la musique sans avoir mal nulle part ou bien sans le montrer. Un geste a suffi. Sa douleur ne ressort plus de la soirée. Ni la nuit. Je les entends se parler doucement. Les chauves-souris sont dehors. Les oiseaux gris n'ont jamais existé. Et au petit déjeuner, le plaid a disparu. Il m'en reparle pour me dire qu'il va bientôt nous en offrir un autre, neuf, doux, beau et chaud. Il insiste pour m'emmener à l'école. En route pour l'école, il me raconte les histoires qu'Esther aimait bien.

Et tout redevient joyeux. Quand Nala et Patou téléphonent le soir et qu'on raccroche après leur avoir parlé, il demande comment ils vont. Depuis quelque temps, maman s'inquiète pour le cœur de Patou qui a eu un nouveau malaise. Il passe deux jours à se décarcasser pour trouver de bons spécialistes et quand il arrive avec une liste de noms, maman lui explique que ses parents ont leurs habitudes avec leurs médecins, et qu'ils n'iront pas voir le professeur de cardiologie qu'il leur a trouvé à Cherbourg. Il la contraint pourtant à les rappeler. Elle le fait. Elle dit tout comme lui. Il murmure à côté d'elle. Il souffle les mots. Elle insiste. Mais ça ne marche pas. Alors elle raccroche et il lui conseille de se rendre sur place, de ne pas leur laisser le choix, de les mettre de force dans la voiture et de conduire Patou à l'hôpital immédiatement. Il lui faut certainement un pacemaker. Maman prend un jour de congé pour lui obéir et part seule. C'est un mercredi. Il m'emmène à l'escrime et passe son temps au téléphone avec elle, lui préparant dialogues et réparties. Il note des tables sur ses mains, les tables de sa loi.

Quand elle revient le soir, elle lui ment. Elle dit que Patou est allé voir le professeur. Mais elle n'a pas pensé à annuler le rendez-vous. Le lendemain, il reçoit un appel du secrétariat qui veut des explications sur ce rendez-vous manqué. Les rendez-vous sont rares, les places sont chères. C'est ce qu'il lui déverse dessus quand elle se rattrape aux branches, lui expliquant que les gens sont libres de décider ce qu'ils veulent, en dehors de sa volonté à lui. Il lui répond que leur couple est une catastrophe et qu'elle ne dit même pas merci quand il fait le baby-sitter. Il aurait autre chose à faire. À cause de moi, il a raté trois entretiens. Il n'a plus le temps de s'occuper d'Esther par exemple. Et on ne lui a même pas proposé de coller sa photo sur le frigo, à côté de la mienne.

Désormais je suis gênée d'être en photo sur le frigo. L'Albanais lui lave les mains dix-sept fois en deux heures.

Rien ne changera jamais. Depuis qu'il est là, maman essaie de l'apprivoiser mais elle n'y arrive pas. Il l'aspire. Je ne sais pas si elle est encore capable de fuir. Je me dis que ça fait des siècles que les chevaux ne sont plus chassés. Pourtant ils ont le réflexe de courir.

XXX

Un jeudi, maman perd son visage. Écroulée au pied du radiateur, les bras tendus vers lui, on dirait qu'elle supplie. Je pense tout de suite qu'il l'a tapée. Et dans ma tête, fâchée par ce papier peint noir qui recouvre la maison, je reproche à maman d'avoir encore fait quelque chose de travers, comme soupirer quand il l'embrasse et qu'elle ne s'y attend pas ou prendre un ton pincé pour refuser l'activité qu'il lui propose. Voire peut-être pire, ajouter une phrase désobligeante sur le fait qu'elle a beaucoup de travail. Pourvu qu'elle ne lui ait pas dit en face, comme elle l'a marmonné hier soir : « Oui, moi je bosse, pendant que tu te prends pour Glenn Gould ! »

J'ai compris ce qui s'est passé. Il ne peut pas avoir accès à ce qu'il doit corriger en lui alors il reprend les autres, il les note, il les récompense. Et là, il vient de la punir. Quand elle me voit apparaître, elle change de direction et c'est vers moi qu'elle tend tout son regard. Mais ses bras restent levés vers lui. Je ne l'ai jamais vue comme ça, même ses cheveux sont mouillés de larmes. Il a dû se tromper dans le mélange, mettre beaucoup trop d'eau dans la Patarev du matin. Rien ne tient. Ni son cou sur ses épaules, ni ses sourcils au-dessus de ses yeux. Maman a vraiment perdu son visage et ses joues fondues comme une vieille bougie s'écroulent le long de son cou. Lui, en face, on dirait un monsieur Patate tout rond.

Patou est mort et c'est lui qui me l'annonce car elle n'y arrive pas. « Ton grand-père est mort ce matin à neuf heures dix et ta maman éprouve de la peine. » Il retourne s'enfoncer dans les ressorts du canapé. Je m'accroupis près de maman qui lui tend toujours les bras. « Je ne peux pas t'aider car je ne peux pas te comprendre. Ce qui t'arrive m'est parfaitement étranger. Mais je suis là si tu as besoin de quelque chose. Veux-tu un verre d'eau ? » lui dit-il.

Maman prononce des mots seulement pour moi, dans mon oreille. Patou n'a pas souffert. Il pense sûrement à nous. On ne va plus le voir mais on va le sentir avec notre cœur, dès que la peine qui fait mal sera partie. À un moment, elle va partir. Elle me le promet. Toutes les deux, on va aller retrouver Nala. Elle va bientôt arrêter de pleurer, et si sa voix déraille c'est parce que le choc est violent. Je ne dois pas m'en faire. Je peux pleurer aussi. Elle est là. Sauf que ça sort tellement chez maman que chez moi, ça ne sort pas. Elle se relève. « Voilà qui est bien », commente-t-il, sans que les ressorts du canapé ne lui donnent la moindre impulsion. Il cherche le code du wifi pour accéder à son téléphone. Il fait tomber la box en la retournant. Il s'énerve sur les câbles. Maman la rebranche. Il se rassoit. Relève parfois la tête pour dire ce qu'il est en train de lire sur le chagrin. Après le choc, il y a souvent le déni, attention.

Pendant quelques heures, maman fait les gestes du

quotidien mais elle ne parle plus du tout. Alors il se lève et s'empare du tuyau suceur de l'aspirateur en disant « Je vais faire les plinthes, elles sont poussiéreuses ». Elle ne lui répond rien. On dirait qu'elle n'entend même pas le bruit de l'aspirateur. Je n'ose rien dire non plus. Elle vient souvent me voir dans ma chambre et finit par me raconter ce qui va se passer dans les jours qui viennent. Elle écrit un mot sur mon cahier de liaison pour prévenir la maîtresse de mon absence. « Mais il va venir avec nous là-bas ? » Elle fronce les sourcils et agite les yeux.

Chaque fois que sa voix se casse ou qu'un sanglot l'interrompt, il lui répète cette phrase : « Je ne peux pas te comprendre mais une chose est sûre, ta fille t'a assez vue pleurer. »

L'enterrement de Patou est un cauchemar, avec Nala qui décide de ne pas pleurer pour ne pas me faire peur mais qui répète sans cesse à maman de ne pas s'inquiéter de son absence de larmes et qu'elle pleurera dès qu'on sera reparties. Il n'est pas venu avec nous mais a tenu à nous rejoindre en train afin que maman ne fasse pas le trajet du retour seule dans son état. Du coup, il a fallu que maman quitte la maison où on veille Patou pour aller le chercher à la gare. Ils mettent un temps fou à revenir, parce qu'il s'est trompé de gare et qu'il n'a pas payé sa note de téléphone, alors il ne peut pas prévenir maman. Il parvient à l'appeler depuis le téléphone de quelqu'un d'autre. Via le bureau. Il insulte la standardiste qui rechigne à lui transmettre le numéro de maman.

Depuis qu'ils sont rentrés de la gare, il nous attend dans la voiture, devant le portail de la maison. Il refuse d'entrer : ce n'est ni le lieu ni le moment. Maman lui apporte un bol de soupe chaude dans la voiture. Quand je vais lui dire bonjour, il me réclame une couverture. Il n'a pas touché à la soupe. Je rapporte le bol et maman repart lui demander ce qu'il veut. Un morceau de pain fera l'affaire. Sec, il insiste. Elle ne peut pas s'empêcher de lui préparer une assiette. Il prend une tête dégoûtée en s'en emparant. Il l'engloutit d'un trait puis sort de la voiture pour rapporter l'assiette à la porte. Il sonne donc au portail pour qu'on lui ouvre. Viviane marche vers lui, lui tend la main. Il lui répond d'un hochement de tête muet. Il n'entre pas dans la maison, hésite à monter les trois marches qui vont lui permettre de poser son assiette sur le bord de la fenêtre. Maman ressort. Il commente son « bien joli manteau qui a l'air chaud » et s'éloigne, tête basse, comme un mendiant rejeté d'une maison de pain d'épices. « Eh bien entre ! lui dit-elle, qu'est-ce que tu fais ? Où vas-tu ?

— Non, je te remercie, mais ce n'est ni l'endroit ni le moment », répète-t-il. Je tire maman vers Nala qui vient de se pointer à la porte elle aussi. Nous le regardons toutes les trois remonter dans la voiture.

XXXI

On devait conduire Nala jusqu'à l'église mais sa présence dans la voiture empêche tout. Maman n'ose pas lui demander d'en descendre. Quand le corbillard quitte la maison, Nala part avec Viviane et les pompes funèbres. Il fait un salut de la main à Nala sans baisser sa vitre. Maman roule doucement derrière le corbillard. Il ne parle pas. Puis il me signale que j'ai oublié de ranger mes affaires d'escrime. Quand il a quitté la maison, il a tout remis dans le sac afin que je n'oublie rien lors du prochain cours. Maman ne dit pas merci. Alors moi non plus. Il évoque une lettre recommandée que maman a reçue. C'est bizarre. Est-ce qu'elle attend quelque chose ? Est-ce qu'il y a eu un problème au bureau ? D'après la provenance, c'est Paris. Au fait, est-ce qu'elle a vu les images des grosses inondations d'hier soir ? Il a eu peur d'avoir un problème avec son train. Mais, heureusement, il est là. Il est parti très tôt exprès. Il a dû marcher jusqu'à la gare. Il n'avait plus de ticket de métro.

Il s'interrompt pour me montrer l'octroi sur le bord de la route. Je le connais. Patou me l'a toujours montré.

Maman m'observe dans le rétroviseur. Elle se suspend à moi. Il est là, comme une grosse masse froide qui peut faire déraper la voiture. Une roue bloquée. Maman n'est pas cascadeuse. Que va-t-il nous arriver ?

Avec précaution, maman se gare près de l'église. On descend toutes les deux en décidant de ne plus faire attention à lui. Il nous rattrape en demandant les clefs de la voiture à maman. S'il décide de se dégourdir les jambes, autant qu'il puisse remonter en voiture se mettre au chaud ensuite. Aurait-elle par hasard deux euros qu'il lui rendra s'il veut boire un café ? Elle lui tend des pièces. Il reste sur place, les recompte, puis nous rattrape et lui rend le supplément, avant de faire à nouveau demi-tour. « Mais tu ne vas pas m'accompagner dans l'église ? » lui demande maman. Sa réponse est non. Cela fait des années qu'il ne rentre dans les églises que pour les visiter. « Je t'attends là, je ne bouge pas », lui dit-il, l'attirant à lui, cheveux-joue-bouche, elle recule. En fait, elle se débat, là, devant les gens.

On se rue sur les amis de Nala et Patou qu'on connaît. Je ne le regarde pas culbuter sa masse sombre d'un trottoir à l'autre, furieux qu'elle ait échappé à son baiser dégueulasse. Quand on ressort de l'église, il est en plein milieu de l'escalier, sur le chemin du cercueil. On dirait qu'il ne voit pas Patou foncer sur lui. Il se pousse au dernier moment. « Mais il va dégager ce connard », murmure maman, dans l'église. Je la regarde. Nala lui répond qu'il serait temps. Toutes les trois, on a un petit rire. Le même, je crois. Ou alors il est dans ma tête. Lui s'est assis sur un banc et lit.

Quand on quitte le cimetière, on doit rentrer à Paris car maman a rendez-vous au bureau le lendemain. Nala promet de venir bientôt nous voir. Viviane s'installe chez elle quelques jours. Nala me glisse dans la main la montre gousset de Patou. Je la serre pendant tout le voyage, alors qu'il parodie un office religieux et détaille le grotesque d'un éloge funèbre. « Dis-moi la vérité, n'as-tu pas eu envie de rire ? » me demande-t-il.

Dans le ventre de maman, la Patarev fait des bulles, comme dans un chaudron. Je ne réponds plus. Il dit à maman qu'il a regardé des locations pour cet été et qu'il a sa petite idée sur un endroit idéal au sud de la Croatie. Un appart-hôtel avec salle de squash et golf. « On ne joue ni au squash ni au golf », lui répond-elle. Il évoque un bord de plage très agréable, sans trop de touristes. Il annonce ensuite qu'il va aller garder Esther quelques jours car sa mère, coup de chance, a un kyste qu'elle doit faire opérer rapidement. Il est hilare. Maman lui demande s'il va dormir chez Esther plusieurs jours. Il lui répond que son ex-femme n'a pas le choix. Il rit encore. Il compte nous inviter à dîner là-bas. Je vais découvrir le beau salon où il vivait avant, avec la bibliothèque géante. « Enfin une bibliothèque digne de ce nom », dit-il en regardant maman fixement.

Il branche sur la radio le câble de son téléphone. Maman ne moufte pas quand sa musique retentit. Elle ne baisse pas le son non plus. On dirait qu'elle absorbe chaque geste de lui, chaque seconde, comme une purge. Quand on se gare en bas de la maison, il déclare qu'il nous a fait écouter la playlist de son enterrement. Maman prend un air dégoûté, secoue la tête, claque violemment sa portière, s'impatiente de la mollesse de sa carcasse qu'il peine à bouger, s'empare elle-même des sacs, des clefs, des portes, des codes et des verrous.

Il constate que je me couche sans faire ma toilette et observe que, même à titre exceptionnel, ce n'est pas une habitude à donner à l'enfant. « Je comprends que tu sois fatiguée, ma belle, dit-il à maman, mais ta fille peut faire sa toilette sans toi. » Elle ne répond rien. Il lui propose de fermer tous les volets. Elle ne répond toujours rien. Il lui apporte le recommandé dont il a parlé dans la voiture. Elle le pose sans le regarder. Elle vient m'embrasser.

Le nez dans mon cou, elle me dit : « Tu sais ce qu'il y a de pire au monde ? Les gens qui évoquent leur enterrement. » Je ne sais pas quoi répondre à maman. Je parle de Nala. Est-ce qu'on pourra l'appeler demain ? Retourner la voir le week-end prochain ? Mais la porte de ma chambre s'ouvre : « J'ai deux mots à te dire », lui dit-il.

XXXII

Le week-end suivant, nous n'allons pas chez Nala. Mais le dimanche soir, quand il apprend qu'il n'est plus le bienvenu pour s'occuper d'Esther et que la *sorcière* a trouvé un autre mode de garde, je ne peux plus l'approcher sans qu'il me fasse une réflexion. Il détourne les yeux quand maman s'adresse à moi. À table, je n'existe plus. Je ne tente même pas de lui apporter un jeu pour le détendre. Je vais là où ses yeux me veulent, c'est-à-dire hors de sa vue. J'entends qu'elle lui en fait le reproche. Il demande en quoi il agit mal. À part se taper un enterrement dans le froid et se faire ridiculiser devant toute la famille quand elle l'a repoussé. « Et après, tu réclames du soutien ! » raille-t-il. Son visage est masqué par la chauve-souris noire venue lui ronger les yeux. Je recule. Peut-être faudrait-il que je l'embrasse, que je le rassure. Peut-être ai-je un rôle à jouer là-dedans. Il me fait peur. Elle tient bon. Il ne doit jamais se venger sur moi.

Elle essaie de lui trouver une solution – et s'il parvenait à s'entretenir calmement avec la mère d'Esther ? Elle tente de le consoler mais plus elle le console, plus il s'obstine. Car ce n'est pas de la peine qu'il ressent. C'est ailleurs. J'ai cessé de vouloir trouver des mots pour ce qui le traverse. Il m'échappe. Je reste sur place tandis qu'il dérape sous mes yeux, maman aux commandes de leur petite voiture décapotée qu'elle tente de maintenir à flot. Nez dans le guidon, à la besogne, sans voir qu'elle commence à me faire aussi peur que lui. Je m'embourbe.

D'ailleurs, il observe que je stagne. Il passe deux jours sans dormir à me chercher un trouble cérébral sur internet et tout y passe, jusqu'à ce qu'il envisage même pour moi une forme d'autisme, puis qu'il s'écroule raide mort sur le tapis de l'entrée. Le temps que maman boive un verre d'eau et déjà il se réveille. Bafouillant, la bave aux lèvres, il décrète que le problème, c'est que je n'apprends plus rien. Pire. Je ne souhaite plus apprendre. Je suis comme saturée. C'est terrible, à huit ans. Il prouve à maman que mon circuit interne a grillé. Il a pu sauver les meubles en m'injectant in extremis de la culture, mais selon lui, mon cerveau est désormais clos. Maman s'obstine, elle lui tient tête. Il met alors en cause mes dessins, mes bonshommes désespérément inexpressifs, mes animaux sans envergure, mes couleurs débiles.

En me couchant, elle vérifie que je me souviens de quelques poésies. Elle n'a jamais autant aimé Maurice Carême. Derrière ma porte, il raille le programme scolaire, la bêtise, la mère qui entretient la fille dans l'échec. Quand il rit derrière la porte, on dirait deux oiseaux gris qui veulent s'échapper et se cognent. Gris ou bleus.

À partir de là, elle m'emmène à l'école le matin, vient me chercher le soir, propose des tours et des détours pour ne pas rentrer trop tôt à la maison. Quelquefois, elle m'emmène au café pour y faire les devoirs, puis on y reste aussi pour dîner. On marche de plus en plus loin. On n'a pas envie de croiser les commerçants du quartier qui nous attendent avec leurs fusils à canons sciés. Moi, j'imagine les enfants des opérations pièces jaunes qui les ont rejoints. Les pauvres veulent récupérer les centimes qu'il leur a volés pour offrir des Neuchâtel à maman. Au retour, on retrouve dans notre boîte à lettres la facture de la litho du rocker de Noël. Litho + encadrement. Septième relance. Elle la lui tend, une fois à l'étage, alors qu'assis sur le palier il déclare que ça ne le gêne pas de nous avoir tant attendues. Il lisait une étude passionnante sur les troubles cognitifs de l'enfant. J'ai peut-être un trouble dysexécutif inversé : je fais, j'exécute, mais je ne pense pas. Conséquence d'une mère trop présente. Qui anticipe. Qui fait à la place de l'enfant. La facture ne l'intéresse pas. « Sûrement une erreur », décrète-t-il.

Il reste quelques pas derrière nous, cherchant l'invitation ou la prière, et je pourrais repousser la porte sur son nez. Mais il saurait qu'on est dedans. Alors je préfère filer dans ma chambre, tandis qu'il énumère à maman tout ce qu'il n'a pas mangé de la journée. Elle me conseille de rester un moment tranquille, à jouer, à lire, à écouter de la musique. Ça va se calmer. Pendant que je n'entends plus leur bruit, il la fait rouler jusqu'à la baignoire. Plus tard, je l'y retrouve, exténuée. Il a tellement parlé qu'elle ne peut plus desserrer les dents. Elle me confie que sa voix troue sa tête.

Le lendemain, c'est la même chose. À la sortie de l'école, nous marchons, mais sous la pluie battante cette fois, vers un café éloigné de chez nous. Nous y dînons. Les garçons de café nous éjectent passé minuit, à tel point qu'on se demande s'ils ne lui en veulent pas, à lui, ici aussi. Les cafés ferment. Il faut rentrer.

Il n'est pas dans l'escalier. Maman est épuisée. Ses yeux clignent, elle dort debout. Je m'agrippe à elle pour l'empêcher de tomber. Elle pose un doigt sur ses lèvres et me propose de faire silence. Sans un bruit, nous nous couchons dans son grand lit. Nous nous endormons d'un seul souffle. Mais soudain, il frappe. Toutes les heures un coup, jusqu'à cinq ou six heures du matin. Comment a-t-il passé la porte de l'interphone ? Elle me prend dans ses bras et me serre jusqu'à s'endormir. Quand maman dort, je n'entends soudain plus le bruit de la porte.

Le lendemain, il attend devant l'école, assis au café. Je le vois, mais pas maman. Il discute avec plusieurs amis imaginaires. La table est pleine de convives et lui, pièce centrale, propose en alternance des formules mathématiques, des incantations et des anagrammes. Je ne sais pas comment prévenir maman sans l'affoler, alors je ne dis rien et je me rassure toute seule quand je vois la mère d'Elina repartir avec elle. Elles vont marcher un moment toutes les deux. Il ne s'approchera pas d'elle si elle est accompagnée.

Le soir, ma mère m'attend encore devant l'école. Mais nous rentrons à la maison cette fois, sans passer par un café. Elle dit qu'il va y avoir une surprise. Elle a pris une grande décision. Elle me demande d'aller dans ma chambre prendre le doudou de mon choix et de revenir dans la salle de bains. « Il est là, me dit-elle, caché dans la maison, sans doute dans ma chambre. » Pourtant je n'ai pas vu son manteau ?

À nouveau, son doigt sur la bouche. Chut. Elle fait couler un bain. L'eau couvre tous les autres bruits, m'explique-t-elle.

Elle me demande d'agiter l'eau avec mes mains, tandis qu'elle tire un petit sac rangé sous le lavabo. « On ne va pas dormir ici ce soir. On va s'en aller toutes les deux très discrètement, d'accord ? »

Ma doudoune est dans le salon. Mes baskets aussi.

Pas grave, je peux mettre mon manteau de fête. Et mes ballerines.

Je propose quand même d'aller chercher ma doudoune. Dans les poches, j'ai mes cartes Pokémon et mon porte-clefs torche. Mais maman refuse. Il est peut-être sorti de la chambre et pourrait me voir. J'entends un bruit dans la cuisine. J'interroge maman du regard. Elle murmure : « Tu vois, il est sorti de sa cachette. Il ne tient jamais ce qu'il promet. »

Que fait-il ?

Il se gave de miel dans la cuisine. La tête renversée en arrière, il vide le pot directement dans sa bouche. Quand il entend la porte se refermer doucement derrière nous, il se précipite dans l'entrée. Trop tard. Le miel lui sort du nez. Habiles, hilares, nous dévalons l'escalier puis les rues. Il faut juste ne pas l'imaginer nous courant après. « Ne t'inquiète pas, répète maman, on l'a semé depuis longtemps. » En entrant dans l'hôtel qu'elle a réservé, nous sommes les plus heureuses du monde. Maman sort du sac le dîner qu'elle a prévu. Elle l'étale sur la couette comme sur une nappe de pique-nique. On trinque avec nos bouteilles d'eau. On regarde un dessin animé à la télé.

Dans le ventre de mon Snoopy en peluche, j'ai glissé la montre gousset de Patou. Comme chaque soir, je la sors pour vérifier qu'elle va bien.

XXXIII

C'est comme si maman me kidnappait. Il faut à présent le retirer de nos oreilles, de nos yeux. Sa présence est insupportable. Notre mémoire est un film d'horreur. Il n'y a plus d'accalmie. Il n'y a plus de vague. Il n'y a plus de queue de Mickey, ni au plafond ni à hauteur d'homme. Il n'y a rien qu'un gros sac flasque, répugnant, qui court après nous comme une poche de graisse. C'est de la cellulite, c'est une amibe, c'est du pétrole mais c'est pas précieux. Il colle, il poisse, il tache. À présent, il reproche à maman la conversation qu'elle a eue avec le ténor barbu engagé par Nala pour chanter à l'enterrement. Je lis les messages qu'il envoie sur son téléphone. Il dit « beau ténor ». Il est tellement laid que la beauté des hommes lui fait horreur.

Sur l'esplanade, devant l'église, alors qu'il nous attendait en lisant sur un banc, pelant de froid, affamé, assoiffé, épuisé, fidèle, mais si heureux de nous voir apparaître, oubliant presque la vexation de l'arrivée – quand maman a rejeté son baiser –, maman et le ténor ont parlé ensemble un long moment. Le ténor la bouffait des yeux. Mais elle aussi. Ce n'est pas lui qui l'invente. Comme si elle demandait au ténor de la sortir de cette épreuve, de passer directement à la suivante. De l'emmener rien que par la voix vers une suite de vie moins en dents de scie. Le ténor a même pris ses coordonnées. Ou elle. En tout cas, sur un papier, ils ont échangé des numéros. Elle s'en est défendue. Elle ne fait pas des choses pareilles. Elle prend juste le numéro d'un chanteur si un jour elle en a besoin pour un autre enterrement. Comme un traiteur. Oui, elle aurait pu agir de même avec un traiteur. Un bon traiteur dont on garde la carte de visite ou la serviette de table avec le tampon dessus. Comme un bon pédiatre. Jamais elle n'a fait de l'œil à mon pédiatre par exemple. Elle a obtenu son numéro personnel parce qu'elle est touchante quand elle parle de moi. De son souci. De sa peur de mal faire. D'être si seule pour m'élever. Parfois si angoissée à l'idée d'être à côté de la plaque. Alors les numéros tombent. Comme des chiffres du Loto dont elle ressort gagnante. Ouf, tous les chiffres sont là pour l'aider. Et ça c'est carré. Normalement, on peut vraiment compter dessus.

Un matin, on quitte l'hôtel très tôt et on passe dire au revoir à notre appartement. Tout est déjà dans des cartons. Je peux embrasser les murs, le sol, embrasser ce que je veux, dire au revoir en tout cas, mais vite. On passe bien avant l'école exprès, parce qu'il ne peut pas être levé de si bon matin. Le soir, quand elle m'attend à la sortie avec les clefs du nouvel appartement, elle m'annonce que je vais aussi changer d'école. Il y a enfin une place dans celle qu'elle reluque depuis quelque temps. Une école comme la nouvelle maison. Plus petite, plus conviviale. À taille humaine. Avec des enfants sympas. Évidemment.

On va bien s'occuper de moi. Un appartement comme un petit deux-pièces sous les toits où on se sent au chaud et en sécurité. Maman va retourner au bureau, puisque la nouvelle école s'occupe de l'étude du soir.

J'apprends par cœur le nouveau numéro de téléphone de ma mère. Elle commet l'erreur de faire suivre le courrier alors, quotidiennement, elle reçoit encore des lettres de lui. Soit des dettes qu'elle doit honorer à sa place, soit des menaces d'huissiers qui le recherchent, soit des plis d'amour contenant des cadeaux pour moi.

Elle dépose dans la poubelle les offrandes qu'il lui envoie. Je les reconnais aussitôt. Les petits personnages de plastique qui se cassent au premier jeu. Les stickers de mauvaise qualité qui ne collent pas. Les jouets pour le bain qui perdent leur couleur, les tatouages bas de gamme qui se déchirent sur la peau. Elle a l'air désolée de me voir regarder toutes ces merdes, quand elle sait que je rêve de château en vrai bois et du déguisement de Peau d'Âne.

Elle vend ses habits sur internet. Elle veut changer de peau. Elle dit que c'est pour gagner de la place. Elle paie ses dettes et ne le lui dit jamais. C'est sa façon de rompre avec exactitude. C'est sa façon de le recoudre une dernière fois. Elle paie sans regarder tout ce qu'on lui demande. Un emprunt à une banque. Des sous-locations, des factures de garde-meuble, des découverts. Une fois vidée, avec les vêtements qu'il lui faut et rien de plus, elle se recoud. Mais les plaies ne cicatrisent pas.

Dans notre deux-pièces, maman dort dans le salon. Elle a aménagé un lit-armoire qui se camoufle dans le mur. Ainsi, s'il arrivait, on pourrait s'y cacher. Une fois le lit relevé, la démarcation est à peine repérable sur la peinture. Dans ma chambre, on a réussi à faire entrer toutes mes affaires. J'ai gardé quelques cartons pour fabriquer des meubles. Dans ma nouvelle école, les travaux manuels occupent une place essentielle. Maman s'extasie sur mes créations, et dans son emphase, j'entends désormais sa voix à lui qui l'incite, comme au tout début, à mettre en valeur les talents de l'enfant. Même quand il en manque. C'est là que je comprends que ma mère l'a avalé. Je repère sur elle chaque jour davantage d'attitudes de lui. Je découvre les mêmes lettres alignées sur des bouts de papier comme des anagrammes.

Nous fêtons mes neuf ans sous le dais formé par nos vieux rideaux trop longs pour notre nouveau salon dans lequel le canapé n'a pas pu entrer. Il attend un autre déménagement dans un garde-meuble trop petit où les cartons se sont entassés. Certains sont éventrés. Maman a trop poussé pour élever une pile dans peu de mètres carrés. Qu'importe. L'imagination est là. Et maman et moi avons décidé que nous vivions bel et bien dans un palais. Maman s'applique pour jouer le roi. À force de le voir faire, c'est devenu naturel pour elle de jouer. Moi, toujours la princesse. On prend l'habitude de parler très bas. Même s'il a disparu, nos nouveaux voisins ont peut-être eux aussi des fusils à canons sciés pour nous viser.

XXXIV

Aux petites vacances, nous partons chez Nala. Dans la voiture, il arrive que la radio balance la musique qu'il aimait. Maman rougit, change de fréquence aussitôt, se gratte la gorge comme pour évacuer les sons obscurs qui pourrissent l'ambiance. Elle ouvre la fenêtre. Elle évoque les vacances d'été. En Croatie. Dans un club-hôtel où je pourrais peut-être emmener Inès si ses parents sont d'accord. Qu'est-ce que j'en pense ? Je réponds que je ne joue ni au golf ni au squash, mais maman n'entend pas. Elle me rassure pour Inès. Ce n'est pas la énième dispute de l'autre jour qui peut nous séparer. Un épervier qui dégénère pour une histoire de terrain ? Le fait d'avoir changé d'école va au contraire nous rapprocher. On se voyait trop et les conflits s'envenimaient à cause des autres. Jamais ma faute. À partir du moment où il disparaît, ce n'est plus jamais ma faute. Sauf que parfois, il réapparaît.

Quand maman fait le plein à la station-service et qu'elle croit le voir à la machine à café, ses joues s'empourprent. Je ressors en courant, avant même qu'elle me somme de la suivre. Du coup, elle me court derrière, répétant les règles de sécurité sur une aire d'autoroute où les gens déboulent à toute berzingue. « De grâce, me demande-t-elle, regarde autour de toi et ne traverse pas n'importe comment ! » Elle démarre sans payer l'essence. Au péage suivant, les gendarmes nous attendent. Maman explique qu'elle a oublié de payer parce que je suis sortie en courant. Elle a paniqué, elle m'a rattrapée, et dans le feu de l'action, elle a démarré. Elle me faisait la morale, elle est désolée. Les gendarmes la croient. Ils me regardent, pour évaluer si maman dit vrai ou pas. « Je vous assure, insiste-t-elle, elle a quitté la file, elle s'est ruée dehors, et j'ai eu peur des voitures ! »

On arrive chez Nala alors qu'il fait nuit. C'est plus facile pour retirer les images de lui posées partout devant le portail. Puis dans le petit jardin. Puis sur les trois marches qui mènent à l'entrée. Il a bien fait de ne jamais pénétrer à l'intérieur. Maman monte nos valises dans la chambre à fleurs. Nala nous a attendues pour dîner. Les assiettes bleues et rouges sont posées sur la table. Dessus, je vois tout ce qu'il a mangé l'autre fois, la part de tarte, la salade de tomates. Mais je ne dis rien. Je me demande juste si maman a vu, elle aussi, mais elle engloutit comme si de rien n'était pour faire plaisir à Nala qui lui répète, inquiète, « Mange ma belle petite chérie, tu n'es plus que l'ombre de toi-même, je crois que tu es en train de disparaître. On dirait même que le contour de tes lèvres s'efface ».

Le visage de ma mère s'assombrit devant le plat de farcis. Les poivrons ressemblent à ses rides. Les tomates, à sa couperose. La peau des pommes de terre grenaille à ses bajoues. Elle s'excuse de ne pas pouvoir avaler ces légumes. « Je le reconnais, nous dit-elle, il est là. »

Ensuite, au marché, je la regarde vider des yeux chaque légume avant d'en choisir. Elle achète des laitues qui ne lui font penser à rien, mais jamais de patates douces qui lui rappellent quelque chose. « Tu ne trouves pas qu'on dirait ses pieds ? » me demande-t-elle avant de murmurer « Beurk », comme une insulte aux maraîchers. Un jour, l'un d'eux lui fait une réflexion à laquelle elle répond en agitant ses bras, furieuse. On quitte le marché, visées par les fusils à canons sciés.

Quand je lui en fais le reproche, elle dit qu'elle ne se souvient pas.

XXXV

Il faut voir comment ça se passe. Après. Tout empire. Elle a si peur de lui qu'elle me séquestre. On passe nos week-ends enfermées, parfois derrière les volets clos. Elle dit que c'est pour conserver la chaleur. Peu à peu, elle accepte de me redonner le jour. On sort enfin se promener. Elle se comporte en chien de berger. Elle ne me supporte pas à plus de deux mètres d'elle. Quand je monte sur un manège, désespérée elle m'avale des yeux. Je pense qu'elle s'entraîne à ne pas cligner afin que je ne disparaisse jamais. Du coup, elle pleure. Elle dit que c'est parce que ça pique, le froid, la pollution. Je dois attendre plusieurs mois avant qu'elle accepte de franchir à nouveau la frontière de notre ancien quartier. Elle me dit la vérité. « Il rôde encore, et je ne tiens pas à le voir. »

J'imagine un chat noir, un sorcier gris, un elfe au nez en racine de gingembre. Je lui réponds que ça va aller, qu'on a déjà couru beaucoup plus vite que lui et qu'il n'est pas si méchant, mais elle clôt les conversations. Elle sent qu'elle ne peut pas m'offrir davantage. Pour le moment. Elle insiste. Je trouve qu'elle exagère. Et quelque chose me manque. Je ne sais jamais dire quoi. De son côté, elle ne supporte pas qu'il la colle. C'est comme une matière. Un jour, elle trouve l'image d'un rideau de douche qui lui colle à la peau. C'est froid et désagréable. Et dessous, on est nu. Alors on ne veut pas non plus que le rideau se détache. Je ne peux pas comprendre. Elle s'y prend autrement. Toujours avec des images noires. Il l'a recouverte d'un couvercle de plomb. Elle essaie de le soulever mais quand elle y arrive, elle ne voit pas le ciel bleu, elle est dans une cave. Et elle ne trouve pas la porte. Quand elle la trouve, elle voit qu'il a mis des verrous. Parfois, il vient frapper, juste pour le plaisir d'entendre son cœur s'emballer, de sentir son sang la traverser comme un éclair bouillant. Elle trouve la lumière de la cave. Il la laisse allumer. Mais il tient le bouton du disjoncteur.

Elle aménage une nouvelle vie de laquelle il est totalement exclu et qui va être une réussite totale, elle l'assure, mais je dois lui laisser un peu de temps. Elle fait au plus simple. Il sait à quelle heure j'ai école, danse, à quelle heure j'ai escrime, dessin, où, combien de temps, et qui sont mes amis. Forcément. Pour elle, tout est logique. Il sait où on est, donc il sait comment s'imposer. Il en a pris l'habitude, en guettant, même sans nous parler, sans nous approcher. Il le faisait quand ils se disputaient. Il a la méthode pour l'apitoyer. Il peut laisser des indices. Un papier gras de marbré Savane coincé dans un mur et on comprend aussitôt qu'il est passé par là. Ou pire. Il envoie un message à maman, timide, épaules basses, nez au sol. Smiley qui suinte. « Il y a quelque chose pour toi derrière la poubelle jaune. Pas grave si tu ne le prends pas. » Toujours ce truc d'enfant meurtri. Si content quand il gagne, que l'enveloppe est retirée, que le cadeau nul y est trouvé. Chouette, miam, un Neuchâtel écrasé. Si flatté que maman remercie comme pour une rivière de diamants.

Mais c'est fini. Alors elle rejette ces méthodes, rejette la pitié, déteste le Neuchâtel, le dit. Tous les fromages désormais. Beurk. Ce truc fermenté qui lui fait penser à lui. Elle crâne au début. Pas question de replonger. Pas de pitié pour l'escroc. Il ne doit plus approcher. On change tout. Elle nous installe à l'autre bout de la ville. En déménageant, je change d'école mais aussi d'activités. Et surtout on n'achète plus jamais de topinambours trop similaires à ses phalanges. Avant le déménagement : purée de topinambours, danse, escrime, art plastique. Après le déménagement : chips, roller, tennis de table, poterie. Ma mère a tout réaménagé afin d'éviter les risques de croisement. À ce point-là, on dit inventer. Elle est devenue asthmatique et trimballe dans sa poche un bronchodilatateur bleu que je ne dois pas toucher. Je change de quartier, je change de vie et je change de mère.

XXXVI

Elle préfère rester au bureau les mercredis et prendre une baby-sitter pour s'occuper de moi, plutôt que d'avoir le temps pour nous, et donc le temps de me ramener jusqu'à mon ancien quartier retrouver mes copines. La vérité, c'est qu'elle a peur. Peur de le voir déambuler comme un culbuto à sa recherche. Le revoir la terrifie. Elle comprend la mère d'Esther. Elle comprend Esther. Elle comprend l'avocat dont elle a payé les honoraires. Une horreur, pour une mère, pour une fille, pour une amante, pour une passante, une horreur pour tout le monde l'idée de cette boule noire qui roule au hasard d'un flipper mal réglé, ivre de colère s'il se cogne contre le mauvais bumper.

Maman se lie fugacement d'amitié avec une femme qui lui a réclamé de l'argent après leur rupture. Il lui doit un voyage au lac de Côme, la location d'un appartement et d'un véhicule type Aston Martin. C'est comme ça qu'on apprend qu'il sait conduire mais qu'il n'a plus de permis. Cette femme trouve maman tellement sympa qu'au bout d'un moment, elle propose carrément des vacances ensemble, ce serait drôle de parler de lui en bord de mer, on pourrait tous partir en Grèce ? Mais ma mère n'a pas confiance. Assez vite, elle remarque trop de similitudes entre ce qu'elle lui raconte et ce qu'elle a vécu. Mêmes références, mêmes obsessions. Et puis elle et lui ont des ombres communes au fond des yeux. Maman finit par se demander si elle n'est pas lui, déguisé en elle. Elle a des traits assez masculins d'ailleurs. Elle comprend que c'est ça. Elle est certaine que c'est ça. Soudain ça lui saute aux yeux. Elle me demande même mon avis. Est-ce que je ne suis pas d'accord avec elle, est-ce que je n'ai pas vu, moi aussi, dans les rides, la forme des rides de cette femme, un sillon commun avec lui ? Est-ce que les mains, mastoques, hommasses, très topinambours, ne seraient pas les siennes ? Et les cheveux fins tout secs ? Pourquoi est-ce que je m'entête à penser le contraire ? On sait pourtant que ça peut arriver, les gens qui se réincarnent de leur vivant.

Elle glisse une enveloppe blanche gansée de noir et scellée au scotch derrière le radiateur de ma chambre. Qu'a-t-il écrit encore ? Qu'a-t-il promis ? Qui menace-t-il ? Qu'a-t-il volé ? Quand s'arrêtera-t-il ? Je la sors de sa cachette, je la pose devant une lampe et tente de lire en transparence, mais je ne vois rien. Après, je la range et je l'oublie. Si jamais il arrive quelque chose de grave à maman, je l'ouvrirai. Pourquoi cache-t-elle encore des choses alors qu'il n'est plus là ?

Un soir, j'appelle les pompiers, parce que maman, penchée à la fenêtre, voit passer des êtres qui n'existent pas. C'est elle qui me demande de le faire. « Ça ne va pas très bien, je me détache de moi. » Mais les pompiers la trouvant calme me félicitent d'avoir appelé et repartent. Elle promet que ça n'arrivera plus. Elle m'explique que c'est comme les cafards. Si on vit dans une maison où il y en a, on préfère les voir plutôt que de savoir qu'ils sont partout. Je téléphone à Claude pour lui dire que quelque chose cloche chez maman. Claude me promet de s'en occuper et me rassure. « Un jour, ta maman va se rendre à elle-même », me dit-elle. Je ne comprends pas, mais je le note dans mon carnet de preuves. Auprès de son amie, maman nie tout en bloc. Elle a dû me confier des sensations qui n'étaient pas pour enfant, mais ces élucubrations, non, elle assure qu'elles ne sont pas sorties d'elle. Elle s'en excuse pourtant auprès de moi. J'ai sans doute mal compris. Elle résume. Tout va bien puisqu'il ne reviendra jamais. Je ne dois pas m'en faire. Alors pour ne pas risquer de le croiser, je fais comme elle : je regarde mes pieds. Je parle encore à Esther dans ma tête quelquefois. Je lui demande si elle sait pourquoi son père est comme ça. Elle me répond qu'elle ne le connaît pas, qu'elle ne l'a jamais vu. Que ce n'est pas son père.

Maman a si peur de le rencontrer qu'elle décide, plutôt que de s'émanciper, de ne plus exister. Elle change à nouveau de numéro de téléphone, pour que l'autre femme ne l'appelle plus. Elle ne me dit pas que c'est au cas où il soit vraiment caché dans l'autre femme. Je suis déçue qu'on s'en sépare, parce que l'autre femme comptait organiser une chorale pour la fête de la musique. On serait sorties, on se serait amusées, comme les autres gens, qui ont des familles avec des amis, et qui profitent de la vie. Mais la fête de la musique, on va la passer chez Nala.

Elle a réservé des places pour un concert sur la plage avec Viviane.

Le ténor de l'enterrement de Patou a obtenu le nouveau numéro de maman par Nala et, informé que nous serons chez Nala fin juin, l'appelle lui aussi pour lui proposer quelque chose. Elle refuse. Entend-elle dans sa voix une nuance bizarre qui lui fait penser à quelqu'un d'autre ? Elle ne le dit pas mais quand elle m'explique que c'était le ténor de la messe qui appelait et que je décèle sa gêne, je lui viens en aide : « À moins qu'il n'ait un peu déguisé sa voix pour te faire une blague ? »

Je ne sais pas si je pense vraiment ces pensées-là ou si je les développe pour la rassurer et pour qu'on reste une équipe.

Elle me caresse la tête, elle est contente que j'admette le danger, que je l'esquive, que je l'anticipe, mais elle regarde ailleurs en fermant les yeux. Pas parce qu'elle s'en veut d'avoir installé le fantôme dans nos vies. Mais parce qu'elle aime encore le contact de mon petit crâne chaud et vivant contre sa main gelée.

XXXVII

Je pense à moi. J'ai neuf ans et très envie de retrouver les amies de mon ancienne école, or chaque fois que maman propose qu'elles viennent chez nous, ça tombe à l'eau. On habite trop loin. C'est nous qui sommes parties. C'est donc à nous de nous déplacer désormais. Et justement, un samedi, Inès organise son anniversaire. Il y aura tout le monde alors j'attends ce jour avec impatience. Maman n'a pas pu refuser. Elle a bien essayé de me proposer à la place un week-end chez Nala, mais c'est moi qui ai refusé. On ira une autre fois. Center Parcs ? Eurodisney ? Allez, le Futuroscope ? Elle met le paquet. Mais non. Je veux voir mes copines et rien d'autre. Alors elle cogite. Elle s'arme d'une feuille pour noter les options. La tête entre les mains. Je la vois en tailleur sur le sol, écrivant les trajets sur le bord de son matelas, concentrée comme si elle planifiait notre road trip aux États-Unis. Je la vois, mais le pire de tout, c'est lui que je vois. Lui, planifiant des vacances avec maman, délirant sur de prestigieuses destinations que sa reine mérite pour l'emmener finalement en RER, dans un aéroport low cost, à destination d'un Airbnb miteux, dans lequel il lui fait des crises de jalousie en lui piquant ses pièces jaunes. Et dont elle revient en évoquant le paradis. Sa mâchoire pend. À un moment, elle remarque à haute voix que c'est comme si sa mâchoire n'appartenait plus à ses dents. Son historique internet révèle : un fantôme peut-il implanter sa mâchoire sous des dents déjà existantes ?

Elle lève les yeux vers moi, cernée, dépassée, son sourire froid et pâteux comme une banane. Je lui trouve les dents jaunes. Je n'ai plus envie de m'approcher d'elle. Des petits mouvements presque imperceptibles secouent sa tête. Elle porte une écharpe écossaise qui lui fait le teint beige. Elle a trouvé. Elle sait comment on va s'y prendre samedi. Elle m'explique enfin le programme. Elle a peur de le croiser, c'est certain. Alors elle décide qu'on ira en voiture. Une fois qu'elle a opté pour le trajet, elle cherche la bonne solution pour le parking. Si elle se gare dans l'impasse où elle avait une place quand nous étions résidentes, elle craint d'avoir à passer devant les cafés. Trop risqué. Si on se gare plus au sud, il y a le Leader Price. Donc impossible. Surtout avec les promos du samedi sur le rayon hygiène et plombières. On ira plutôt à pied. Ou en taxi. Le taxi, c'est vraiment bien pour une dépose au pied des immeubles. Elle est tellement contente d'avoir trouvé l'idée du taxi qu'elle la répète plusieurs fois. Mais soudain le soufflé retombe. Il se termine à quelle heure l'anniversaire ?

L'idéal pour elle sera de faire l'aller-retour à la maison en taxi afin de ne pas traîner dans le quartier en m'attendant, mais elle ne me le dit pas. Et puis, de toute façon, le programme change. L'anniversaire est à quinze heures mais la mère d'Inès propose que je reste dormir. Au passage, elle demande à ma mère si ça l'ennuie de passer un moment au Trampoline Park avec nous. Ce serait bien qu'il y ait un adulte en plus pour nous surveiller. Maman panique. Elle fait des calculs. Catastrophique pour elle de repartir à seize heures trente, au moment du gâteau. Pourquoi ? Elle n'en sait rien. Mais elle le sent. Seize heures trente lui apparaît comme l'heure impossible. Et s'il n'y avait pas de taxi ? Et s'il avait dégoté notre adresse ? Et s'il l'avait suivie à la sortie du bureau malgré les subterfuges qu'elle s'impose chaque jour pour contrer la moindre filature ? Et s'il l'attendait en bas, un samedi, pile ce jour qu'il connaît bien, où nous rentrons souvent de balade à dix-huit heures pour ne pas manquer notre série de dix-huit heures quinze ?

Mais elle vient quand même au Trampoline Park. Elle se détend. Elle parle avec la mère d'Inès qui s'étonne de ce déménagement soudain, en pleine année scolaire, même pas pendant les petites vacances. « Et puis ça t'éloigne carrément de ton bureau », dit-elle. Ma mère reste muette, incapable de répondre, parce qu'elle vient de voir s'asseoir sur un banc, à quelques mètres de là, un gros monsieur tout rond, presque chauve, avec des bajoues étranges. Elle n'est pas sûre que ce soit lui. Elle sent que c'est lui mais elle ne le reconnaît pas sans ses cheveux. Elle est incapable de répondre que ce déménagement nous éloigne de tout sauf de lui. Que ce calcul est absurde. Elle est complètement obsédée par le type, à tel point que la mère d'Inès lui demande « Il te plaît ou quoi ? » Elle s'attend à la faire rire mais non, maman agite ses yeux de mouche, elle regarde partout, pour savoir si c'est bien lui et pour pouvoir s'évader au cas où. Elle se penche vers moi qui guette mon tour sur le trampoline : « Tu crois que c'est lui là-bas ? » Je réponds non. Pas du tout lui. Mais quand on retourne tous chez Inès, elle me demande si je suis sûre. Parce qu'il a vu qu'on le regardait et il a changé de banc, avec cet air épars et agacé. Du coup, ça y est, elle en est sûre, c'était lui. Je lui en veux de me parler de son truc là, parce que je revois enfin mes amies et qu'on va continuer la fête. Pas elle, parce que la fête pour elle, c'est devenu nul. Elle cesse avec ses questions, mais c'est à la mère d'Inès qu'elle les pose, essayant de lui faire dire que le type qu'elle a croisé avec nous un jour, au café, est bien le chauve qui était sur le banc tout à l'heure. La mère d'Inès répond qu'elle serait incapable de le dire, aucun des deux ne faisant partie des hommes qu'elle regarde.

C'est en rentrant seule dans les embouteillages de dix-sept heures que germe en maman l'idée d'un nouvel appartement, mais avec une terrasse. Pour qu'on puisse sortir sans sortir. Aller au parc, mais chez nous. Pendant que je m'amuse chez Inès, elle pianote toute la soirée sur internet à la recherche d'une maison tout inclus. Manque que la supérette au sous-sol pour une autarcie parfaite. Je prends l'habitude de lire ses historiques de recherche.

XXXVIII

J'ai dix ans quand nous emménageons dans un studio avec terrasse. C'est un trois-pièces, dit maman, si on compte la salle de bains et la cuisine. C'est en fait un studio. On se voit en énorme parce qu'on est toutes proches, maman et moi. Elle dessine une sorte d'enclos qui contient ma chambre. Elle dort sur le canapé qu'elle ne parvient plus à déplier à cause de mes jouets qui débordent. Puis mes vêtements. Je déborde à cause de mon âge.

J'ai onze ans quand nous sommes contraintes de redescendre de quelques étages et de perdre notre terrasse, afin que j'aie ma chambre à moi. Entre les deux, maman a changé de travail et s'est mise à détester le nouveau. Sauf que son bureau est à la Défense et elle trouve dans la foule un apaisement. Du coup, elle m'y emmène souvent le week-end quand nous n'allons pas chez Nala. Quelquefois, je parle de lui, je dis quelque chose sur l'endroit où il vit ou bien je demande ce qu'il devient, et Esther aussi. Je me demande s'il a le droit de la voir, alors maman me répond : « Qui ? » En fait, elle lui met une cape d'invisibilité. Mais elle sait comme moi qu'il est dessous.

Aux dates anniversaires où il aime sûrement adresser un signe, elle s'arrange pour qu'on soit ailleurs. Elle imagine même des anniversaires qui n'en sont pas. Ni le sien, ni le mien, ni celui de leur rencontre ou de leur rupture, mais des anniversaires qui peuvent être des dates de l'histoire de France. Quand elle est certaine d'une date à problème, on se replie. Soit dans un endroit qu'il n'aime pas, soit dans un endroit qui ne nous rappelle rien de lui, et surtout dans un endroit où il n'est jamais venu. C'est comme ça que je fais la connaissance du Citizen Hotel de la Défense. Un jour où il est plein, on en prend un autre à Puteaux. On prend l'habitude de passer nos week-ends en banlieue parisienne. Là au moins, on est tranquilles. Sauf le jour où elle m'emmène à la piscine et se met à courir quand un homme sort de l'eau, maillot noir, ventre proéminent. Je le reconnais, c'est lui. Ou bien quelqu'un qui s'est mis dans son corps à lui. Je comprends que maman a raison et qu'il est capable, quel que soit l'endroit, peut-être même le pays où nous nous trouvons, d'apparaître, bedaine en avant. Qu'importe son visage ou sa couleur de peau. Même quand je rêve de Patou, il apparaît. Et quand Patou ouvre ses bras et que je prie pour que mon rêve dure le plus longtemps possible, ce sont ses mains à lui qui poussent au bout des bras de Patou. Des mains comme des raquettes.

Il lui donne des nouvelles. J'en suis certaine, même si j'ignore ce qu'elles contiennent. Sans doute des menaces de mort. Ou des promesses d'amour. L'une des deux, la même intensité dans les deux. Sa déesse de la mort. Sa reine de l'amour. Elle ne me le dit pas quand ça arrive, mais je le vois immédiatement, à ses yeux trop larges, à ses maxillaires imbriqués. Généralement, quand il trouve notre nouvelle adresse, nous déménageons. Quelquefois je lui demande s'il a laissé quelque chose pour moi. Elle demande qui, elle demande quoi. Elle répond « Bien sûr que non ». Aux Noël, aux anniversaires, maman réclame à Nala soit un doberman soit une porte blindée soit un collier d'alarme. Je me demande si elle n'a pas un problème avec les hommes parce qu'aucun copain ne vient à la maison. Elle est sur ses gardes. Des amies, parfois. Mais pas d'homme. Elle sent qu'il est encore là.

Parfois, elle sort trois assiettes avant de passer à table. Puis elle retire la sienne, trouvant absurde de manger trois fois par jour. Quand elle repère la place vide, installée pour personne, elle s'y assoit, gênée, puis rassurée quand je fais celle qui n'a rien remarqué de ses absences.

XXXIX

Un dimanche, nous allons au cinéma, choisissant un quartier éloigné de ses habitudes, un horaire matinal. Et on tombe sur lui. Il marche devant, avec une jeune fille qui porte un legging, un gros pull gris et long, une veste en jean et un sac à dos. Je reconnais tout de suite Esther de dos. Maman ralentit le pas, cherche une issue vers un magasin, puis, aimantée par ce qu'elle voit, cesse de bouger ; debout au milieu du trottoir, les regardant s'éloigner, fouillant sa manche à la recherche de sa montre, me racontant des histoires d'horaires et de séances pour ne pas me dire « Je t'en prie, aide-moi, dis-moi si c'est lui ou pas ».

On se remet en marche. Il est loin devant maintenant. Si ça se trouve, ce n'est pas lui. Ou alors il est devenu beaucoup moins grand. La petite, sa main dans la sienne, pose la tête sur son épaule. Il a quand même ce pas de taré, au rythme désaccordé, le pas de quand maman était pour lui une icône solaire. C'est Esther qui le soutient, ça se voit. Elle le coagule. Il a la tête qui dodeline. Maman ne peut pas décoller ses yeux. Je demande si c'est lui, devant. Elle demande : « Qui ? Où ça ? » Alors j'évoque

Esther, dont il a dû récupérer la garde, et c'est super je dis, super pour lui et pour elle de se retrouver, mais le cinéma n'est pas plutôt par là ?

Ma mère m'explique qu'on fait un petit détour pour se dégourdir les jambes avant le film. Mais s'il se retourne ? Il ne peut pas se retourner. Il ignore qu'il y a d'autres gens que lui au monde. On se retourne quand on pense qu'il y a quelqu'un d'autre. Lui, il ne se retourne pas.

Mon cœur bat fort. Esther, comme un petit chat, frotte son visage contre lui. Il retire l'écharpe qu'il porte pour la lui mettre autour du cou et soudain c'est à l'écharpe qu'il s'accroche pour l'attirer à lui, doucement d'abord, puis fort. Il la dirige vers le mur, comme un cerf-volant, il la dirige du bout de ses deux ficelles de laine. Le cerf-volant s'agite un peu, frétille sans rechigner, et se colle au mur. Il embrasse Esther, écrasée contre le mur. Maman et moi, inertes, main dans la main, au milieu des passants, et lui, qui enfonce Esther plus fort dans le mur avant de lui prendre les cheveux, la joue et la bouche. À un moment, je crois qu'il tourne la tête vers nous. Il fixe maman, car moi il ne me voit pas. Il la fixe au fond des yeux, tout en malaxant les joues d'Esther, les cheveux. Il brûle maman, il la plante jusqu'à sa moelle sur laquelle il écrit : « Je fais ce que je veux, je reviens quand je veux, c'est moi qui décide. »

« En fait, c'était peut-être pas Esther, mais elle lui ressemble », dis-je pour rompre le silence. Ma mère émet une espèce de bruit et je n'ose pas lui demander de répéter. C'est comme si son cœur avait un trou, qu'elle prenait en charge la respiration mais que l'oxygène allait à quelqu'un d'autre. Longtemps elle garde le visage gris. Moi, je sais que ce n'était pas lui.

XL

Les week-ends, elle fait l'effort de continuer à m'emmener me promener, même si la rue de la rencontre est désormais prohibée. Le soir, de temps en temps, elle sort avec de nouvelles copines. Mais elle rentre tôt et se plaint de les trouver vides. En fait, elle s'est mis en tête que la conversation est un art muet et que le lien se fait implicitement entre les êtres sans qu'il soit nécessaire de le gaver. Elle dit comme lui, bâfrer, bouffer, gaver. Elle se détourne complètement de ses amies. À un moment, le téléphone ne sonne plus jamais. Le sport, en revanche, j'y ai droit. Alors on fait des joggings, et on va au skatepark, au bowling. Le bowling, elle aime bien, elle s'y sent assez armée. S'il arrivait, elle le cognerait facilement. Mais au skatepark, elle est angoissée et elle se retourne sans arrêt. Elle n'arrive plus à supporter qu'il nous suive partout. Moi, je ne le vois pas, mais souvent, elle dit qu'il est là. Alors on part. Quelquefois, on rigole en s'éloignant, on court pour le semer. D'autres fois, je me fâche, je lui montre qu'il n'y a personne. Alors elle fait semblant de me croire. Et de me demander pardon.

Au skatepark, je me suis fait une bande d'amis. Elle s'acoquine avec les plus vieux. Parfois elle en prend un en otage, elle lui dit des phrases qui contiennent l'espoir d'un diagnostic, comme dans les historiques de ses moteurs de recherche : « pervers », « voleur », « sangsue », « parasite ». Elle attend de mes copains qu'ils trouvent de quelle race était le pervers. Meddy, celui qui traîne avec nous alors qu'il a au moins vingt-cinq ans et qu'on ne comprend pas pourquoi il fait encore du skate à part qu'il est débile, lui explique qu'elle a le seum. Elle cherche dans son moteur de recherche. Heureusement, parfois elle rigole. Mais elle arrête d'un coup sec, sans que j'aie besoin de lui rappeler qu'il peut l'entendre.

Pour ne pas qu'il lise ses recherches internet, « comment tuer un fantôme », « comment empêcher à une entité l'accès à une maison », « l'ail est-il le bon antidote contre les vampires », elle retire les miroirs de sa penderie. Elle a vu dans une émission sur les fantômes que des êtres vivants pouvaient avoir des entités. Ses recherches Google sur les entités deviennent quotidiennes. Elle pense qu'il a laissé un morceau de lui dans nos meubles ou dans nos cartons. Elle s'exprime peu à ce sujet mais je n'ai qu'à lire ses recherches. « Maison hantée après rupture. » Elle agite une clochette à chaque coin de chaque pièce et fait brûler de l'encens. Ce ne sont pas ses copines qui lui donnent des conseils, mais une nouvelle thérapeute chez laquelle elle a tenu à m'emmener et qui a agité un médaillon sur mon nombril en m'assurant que j'étais plutôt un garçon. Ma mère, elle, a un corps étranger interne que ni elle ni la thérapeute ne parviennent à retirer. Du coup on arrête la thérapie et je suis contente.

Par contre, on continue à boire de l'eau gazeuse pour qu'il s'évapore.

Une fois quand même, je tombe malade, avec une fièvre mais aucun symptôme. Je remarque que la peur de maman la détourne de lui et ça me fait plaisir. J'espère fugacement un cancer ou un accident grave pour la détourner définitivement vers un problème plus vaste que son fantôme voleur profiteur menteur mais je suis sur pied vingt-quatre heures plus tard. Je ne lui dis pas ce que je pense. C'est-à-dire qu'il a sûrement pris possession de mon corps pour le remettre en marche.

Je me souviens de lui, debout dans ma chambre, qui n'approche pas, glacial, et qui agite son bras comme pour me saluer d'un quai à l'autre, avant de monter dans un autre train qui ne démarre jamais et me bouche la vue. Parfois, depuis son wagon, il me souffle des méchancetés. Je les dis à maman qui me regarde, effarée, apeurée, soumise, comme elle le regardait. Après, je la surveille tout le temps. Dès qu'elle est bizarre, je m'énerve. Elle promet qu'il n'y a rien, elle jure que tout est normal ici. Mais je lui en veux parce qu'à cause d'elle, on ne peut pas s'en débarrasser. Un jour, je lui crie qu'elle le fabrique. Elle demande quoi, elle demande qui. Et rien ne passe jamais.

XLI

Des années. Elle sursaute encore quand son téléphone vibre. Elle se jette dessus, le dévore, le repose ou le glisse dans sa poche sans rien dire. Il n'a pas disparu. Je pense parfois qu'ils s'écrivent dans mon dos. Est-ce qu'ils se voient ? Je ne dois surtout pas le savoir. Si c'est le cas, il promet certainement à maman que c'est leur secret. Et elle le croit. Au détour d'un message ambigu qu'elle lui adresse, elle évoque à coup sûr mon voyage scolaire tout proche. Il est heureux pour moi. Me félicite d'avoir choisi allemand comme deuxième langue. La félicite d'avoir forcé ma décision. Après, il se lance. A-t-il le droit de l'emmener quelque part pendant mon absence ? Il veut réparer. Elle hésite. Elle lui écrit que c'est trop compliqué. Il demande pardon plusieurs fois pour toutes ces années. Jure que les choses ont changé. Il a un travail. Il n'a plus de colère. Esther vit près de chez lui, dans un studio qu'il a aménagé pour elle. Sa mère est devenue une copine. Il a un chat mais pas de canaris. Il veut aimer maman comme elle le mérite. Sa belle. Son amour. Il aiguise ses lames. Il resserre la corde. Il accroche des ballons à la porte de ses cagibis. Il fixe un nœud de satin à son sourire, du miel sur ses mots. Il lui fait la danse des aimants. Et elle y va. Ça fait combien, cinq, six, huit ans ? Et elle y va encore. Je le sais à sa façon d'arranger soudain ses cheveux, de changer de visage, de rayonner comme si elle avait reçu un message de l'au-delà, mais d'avoir les mâchoires clouées de peur. Moi, je ne veux pas qu'elle y retourne. Et je ne veux pas qu'il revienne. Parce que je ne veux plus jouer aux sucres.

Ils vont, parce qu'il va le prévoir, tomber les uns sur les autres jusqu'à écraser ma mère. Les Kapla, les sucres, c'est pareil. Ma mère plus plate encore si possible : c'est ce qu'il veut. Je sens les aimants, même quand c'est à elle qu'il s'adresse. Pas à moi. Il va tout lui expliquer, la dédommager. Au centuple. Il va assurer. Ce n'est pas un retour, c'est l'accession au trône.

Alors je cherche une solution. Je vais laisser maman toute seule pendant mon voyage scolaire et il va advenir le pire. Je me mets à parler de lui. Tout le temps, je parle de lui. Avant mon départ, il faut qu'elle se souvienne de tout. Le bourreau se rapproche. Il remplit sa seringue. Il l'aura, dans la poche, près du bronchodilatateur que je ne dois pas toucher. Vite, je lui remets son portrait sous les yeux. Je commence par la fois où il m'a trouvé un strabisme. La fois où il a nié avoir jamais évoqué un strabisme. La fois où il a appelé un ophtalmo pour prendre rendez-vous pour mon strabisme. La fois où il a démontré que mon strabisme était en fait dû à mon nombrilisme. Une enfant qui ne parle que d'elle, qui veut tout le temps qu'on la regarde manier le fleuret, qui demande à jouer quand on fait autre chose, qui dit des gros mots, une enfant qui se croit drôle quand elle fait des mimiques, qui sont devenues des tics. Une enfant pleine de tiques. Qui se roule dans l'herbe au parc en montrant sa culotte. Qui rapporte parfois des poux. Beurk. Un vrai problème d'hygiène chez cette petite fille qui sent beaucoup trop fort. Et maman, devant lui, qui me défend, défend mes yeux et leur axe, défend mes jolis cheveux, défend mes manières, défend mon être tout le temps, contre ce mastodonte aux pieds de char d'assaut.

Je rappelle le volet qu'il nous a volé. Non seulement le volet mais tout le coffrage. Un matin, quand on revient de l'enterrement de Patou, il n'y a plus de volet dans ma chambre. Je n'arrive pas à le descendre. Je me plains qu'il est cassé mais maman tire mon rideau. Après j'oublie. Quelques jours plus tard, maman jette un œil pour le réparer mais il n'y a plus de volet. Elle se penche, elle ne comprend pas où est passé le coffrage. Il n'y a plus de coffrage non plus. Il l'a volé. Maman ne dit rien. Sans doute qu'un plaisantin a grimpé par la façade. Un coquin qui, plus tard, quittant les lieux, a laissé dans la jardinière vide une centaine de cuillers en plastique sales plantées les unes à côté des autres comme des croix dans un cimetière militaire.

Une bague de maman a disparu aussi. Elle dit « Hein ? Quoi ? Mais non ». J'insiste. Une sublime bague avec une pierre centrale. Elle ne voit pas. Il réarme. Il avance. Je suis en train de perdre. Je lui rappelle qu'elle ment encore aujourd'hui quand Nala lui demande où est cette bague et que maman raconte qu'elle l'a mise à la banque. C'est elle qui est dans une prison, c'est elle tout entière, enfermée à double tour et qui se laisse faire.

Maman ne se souvient de rien. « La bague, j'ai dû la perdre », me dit-elle.

Mais mon odeur, maman, souviens-toi, cette odeur qui le faisait reculer parfois, avec le menton de poule et la bouche vers le bas, écœuré, comme quand j'avais eu chaud en jouant ou en courant et qu'il regardait mon crâne, certain d'y voir sauter des bêtes. Non, elle ne se souvient pas. Elle dit qu'il a toujours été gentil avec moi. Elle énumère les sorties réussies. Je reparle du manège. Elle énumère les sorties agréables. Je reparle de Léon de Bruxelles. Elle énumère les fêtes. Je reparle de Noël. Est-ce qu'elle veut parler de son anniversaire ? Il a tout fait pour que je sois invitée chez une amie afin d'être seul avec elle ce soir-là. Il lui a demandé de ne rien organiser. Et il n'a rien organisé non plus. Sans un Neuchâtel en poche, il a passé la soirée à lui expliquer pourquoi tout dysfonctionnait entre eux. Incapable de le mettre dehors, maman s'est enfuie. Elle a dormi sur le paillasson de mon amie. Sa mère l'a trouvée là, le matin, en ouvrant la porte pour aller nous chercher des croissants.

Maman m'explique qu'il y a eu des hauts et des bas. Elle ne voit pas pourquoi je reparle de tout ça. Il n'est plus là maintenant, n'est-ce pas ? On dirait que c'est à moi qu'elle pose la question.

XLII

Je pars seule en voyage. Elle va profiter de mon absence pour le revoir. Je le sais si bien qu'il m'arrive de l'entendre approcher, le pas lourd, la main prête. Maman fait et refait ma valise, cochant la liste d'affaires demandée par le lycée. Elle ne glisse pas de Carambar dans les manches des pulls. Elle doit m'en vouloir de lui faire la tête. À chaque fois que je veux fouiller dans son téléphone, elle arrive. Elle me le retire des mains. Elle fait les gros yeux.

Ce soir, veille de mon départ, elle accepte de me préparer une purée de topinambours. Je la vois trancher ces petits légumes répugnants comme des phalanges tordues, les passer au mixeur. Elle me fait mille recommandations. Je ne dois pas quitter mon groupe ni faire le mur, le soir, avec mes copines. Je dois écouter le prof et revenir avec plein de photos à lui montrer. Je lui demande si elle compte prendre beaucoup de photos, elle aussi. Si elle part loin. Si c'est Bora-Bora qui l'attend cette fois. Elle ne comprend pas ma question. Elle me raconte ce qu'elle va faire. Elle passe un entretien pour un nouveau travail mais elle hésite, parce qu'elle s'est attachée à la Défense et à son équipe. Sinon, elle va essayer la piscine du quartier. Et puis cinq jours, ça passe vite. On dirait qu'elle se le souhaite.

Le soir nous adoucit. On s'assoit sur le canapé, sous un plaid qui forme presque un dais au-dessus de nos têtes. Elle me montre la rue de ce nouveau travail sur un plan. Elle écarte ses doigts pour mesurer des distances. Elle me demande si ça me plairait de déménager dans les territoires d'outre-mer. Quand elle s'exalte, je dis « Ouh là, j'ai tous mes amis ici ». Elle redescend. Elle déballe une théorie sur la météo. Elle ne comprend pas pourquoi elle ne vit pas dans un pays chaud alors qu'elle déteste le froid. Et puis elle repart vider ma valise. On va rajouter des vêtements, si jamais je me tache ou si j'ai un accident. Elle veut dire un chocolat chaud qui se renverse ou un copain malade dans le car. Je refuse qu'on touche à ma valise puisque la prof nous a demandé de ne pas nous charger et d'emporter seulement ce qui est indiqué. Mais maman insiste. Elle glisse un pull dans l'autre, comme des petites peaux gigognes. Quand elle le replie, ça ne fait qu'un seul pull. « Donc ta prof n'y verra rien, mais tu auras chaud », me dit-elle, avant de doubler mes culottes, mes chaussettes et mes t-shirts.

Je pioche sous mon lit une peluche que je lui tends en plaisantant. Pour patienter, pour m'attendre, pour la garder. On se fait un câlin gigantesque. Je me couche et je l'entends à côté, terminer de ranger puis faire quoi, je ne sais pas. S'il venait, s'il l'emmenait ? Je rassemble les preuves accumulées au fil des années afin de pouvoir la retrouver.

J'emporte dans ma valise mon carnet de preuves. J'en retire ce qui dépasse, l'enveloppe blanche gansée de noir et scellée au scotch, glissée par maman il y a quelques années derrière un radiateur. Je l'ouvre. C'est son avis de décès. Il est mort l'année de mes huit ans, il y a bientôt huit ans.

J'abandonne l'avis de décès sur mon bureau, comme la peau de serpent de mon enfance. Il faut que ma mère se rende à elle-même. Je comprends la phrase de Claude. Tout s'éclaire.

Il fait nuit. L'immeuble est silencieux. Maman regarde dehors. Elle surveille. Elle voit sans doute une lumière qui l'inquiète, en bas. Un homme debout qui lui fait des signes et veut monter. Elle ne le reconnaît pas, elle n'attend personne. Elle sort quand même, elle doit me défendre. Courageusement, elle descend l'escalier. Il fait noir, alors elle se retourne vers notre palier pour y chercher un peu de lumière, mais la lumière s'est éteinte. Elle regarde vers la rue, elle espère soudain que c'est Patou, mais il n'y a personne. Alors elle se rassure en regardant ses pieds. Mais ce ne sont pas ses chaussures.

Elle est perdue. Je descends l'escalier à la recherche de maman. Je vais la guider dans l'autre sens, l'aider à remonter, rallumer. Je l'appelle. Elle me répond en chuchotant qu'elle est là, je cherche l'interrupteur. Mais il y a déjà une main posée dessus. Alors je crie dans le noir, et maman, ventre à terre, monte vers moi et m'attrape. « Qu'est-ce qui se passe ? Il n'y a personne ! » me dit-elle.

Mais moi je sais qu'il était là. J'ai senti sa main empêcher la lumière.

Composition : PCA
Achevé d'imprimer
par CPI Firmin-Didot
à Mesnil-sur-l'Estrée, en juin 2021
Dépôt légal : juin 2021
Numéro d'imprimeur : 164567

ISBN : 978-2-07-294983-8/Imprimé en France

396466